另一种飞翔的方式

未来文学家

# 男孩们

杨好 著

北 京 出 版 集 团
北京十月文艺出版社

整个不慌不忙的白天

你的心灵打开如满抽屉尖刀。

——［英］菲利普·拉金

# 1

他没法像速为那样在释放"天堂福音"时一直睁着眼睛。屏幕里的白光在这个隔绝的房间让他无处遁形,他下意识地眯起眼睛,就像被"天堂福音"照到的那只绿色怪物。速为说那东西叫魇魔人,是 Diablo 最忠实的仆人,打倒它,从它的绿色心脏里找到世界之石,就等于击碎了 Diablo 的恐惧之灵。

他应着速为,虽然他不知道恐惧之灵是什么,听起来像个不死的咒语。他其实很想问速为,没有了恐惧之灵的 Diablo 还算不算得上是恐惧之王？刚才把那只新买的保温杯给赵阿姨请她帮忙冲洗干净的时候，赵阿姨的嘴角撇了一下，和他的眼睛对视了两秒钟，他分不清那代表惊讶还是嘲弄。此刻他在担心，赵阿姨是会把保温杯放在客人专用的杯橱里，还是会把它放在罗老师那只镶有一圈金线的白色瓷杯旁边？赵阿姨给这幢大房子里的一切东西归类——杯子、碗筷、衣物、垃圾、灰尘；刚开始，他和赵阿姨一样，每次来喝的都是瓶装矿泉水，正好一瓶喝完，他们各自的任务也在那个时间段完成。

今天是罗老师接受光照的日子，他不需要给她开车，也不需要跟着她，他还得在她晚上回来之前离开，然后过三天再来。那三天里罗老师就像一只躲在茧里的蛾子，用秘密丝线把自己缠绕得滴水不漏，然后昭告天下破壳而出。别墅里的人们总是有一套他们自己的时间系统，计量单位可以是钱、青春、虚荣或仅仅是无聊，假装他们从不受困于地心引力。

他第一次和速为一起讨伐 Diablo，他从没想到自己来到了这一步。

他们从魇魔人的身体里剥出了世界之石。其实他知道自己操控的那个光明祭司没什么伤害力，是个辅助角色，只能给速为操控的死灵巫师施行回复术或者祝福咒语；他还拥有一种能力，就是在自己满血的情况下可以将战败的速为复活。但大多数时候，速为根本不需要任何人给他第二次生命，他足以召唤最光明和最黑暗的魂魄力量，在恐惧之王的世界里所向披靡。

Diablo 的嘶吼重复而低沉。恐惧之王身上不断流出的血让他迷迷糊糊地陷入一个狭窄通道里——那里充斥着没有来由的撞击声，一声接着一声，仿佛没有止境，却始终在一个频率上游逛，这频率让他觉得恶心，就像一群绿头苍蝇围着块腐臭的肉，嗡嗡嗡个不停——他想不起来在哪里、什么时候见过这个场景，好像是不久之前，又好像是某个未来的投射。紧接着是一阵巨大的悲伤，然后是什么都看不见的空洞。他蹲在地上不断用手去抠通道里的土，又硬又脏，几乎纹丝不动。他想起小时候在姥爷家后面的水库那儿玩耍时，他蹲在水库边上把手放进冰凉的水里泡着，他那时候以为只要他的手泡得足够久，就一定会抓到水库里的鱼。一次都没有。每次他觉得只要再等一刻钟鱼儿就会出现的时候，母亲的脚步声便从或远或近的某处传来。其实他根本听不到她的声音，她总是那么悄无声息，仿佛已经钻进了他身体里的一个角落，可以窥探他的一举一动。

他手机振动了一下，罗老师发来的信息，问他们在干什么。自从那天他和罗老师说了那话之后，罗老师总是刻意询问他们在干什么，只有动物世界里母狮子觉得自己的小狮子受到威胁的时候才这么干。他打了几个字然后又删掉，既不光明磊落，也不做贼心虚。他借着坐垫里记忆海绵的力道往后稍微蹭了一下，拍了张速为打游戏的即时照片给罗老师传过去，他知道罗老师怀疑文字，她信任的还是眼睛看到的东西，用她那所谓女人的直觉。速为的白色短袖曝光过度，牵引着屏幕上的 Diablo 溶解在一片模糊的亮光之中，这魔王身上的血突然被赋予了一种奇异的圣洁。死亡在中间介质的倒影中获得了从未有过的躯壳，仿佛任何物种都能从临死前令人作呕的腐烂里取得永生。

他诵唱的回复咒语和恐惧之王的嘶吼混响在一起，形成了一种悲剧式的错觉。他看到所有被吞食的人类、生物和天使随着 Diablo 力量的减弱从那具红色的巨大身体里不断涌出来，以一股更令人毛骨悚然的恐惧把恐惧之王包围了起来。他开始怀疑，即使杀死 Diablo，这世界的恐惧也不会消失，一切又将被抛回玩命的循环里。

他挤了挤眼睛，试图看得更清楚一些："我们必须杀死 Diablo 吗？"

速为没有停下手上的动作，也没有看他："嗯。每次都是。"

"因为它是坏人吗？"

"不是，它是恐惧之王。它妈妈莉莉丝把它变成了恐惧之王。"

没等他给速为叠加第二层祝福咒语，Diablo 就在速为的圣光召唤里发出最后一声嘶吼，连同所有的血迹和污浊灰飞烟灭。眼前的屏幕变得光明而柔和，曾经被恐惧支配的那片应许之地又复活了。

　　速为长长吸了一口气，面对要求输入通关勇士名字的提示时，速为想了想，扭头看他："你是第一次，写你的吧。"

　　他顿了顿，看着速为在屏幕上打上了他的名字：李问。

## 2

　　罗老师他们住的地方就像北京被藏起来的一片绿洲，完全自成体系。这些淡黄色的房子看起来很暖和，却彼此隔绝，极力避免相互之间投下影子的交叠。在李问出生的那座城市里，人们热衷于分享秘密谈论秘密，秘密在他们那儿像正在编织的毛衣一样被传来传去捏造成不同形状，而这里正有他想要的缄默不言。罗老师家的水晶天花板把他的样子照得一闪一闪的：他看到了一个年轻人，衬衫领口最上面的扣子系得过于严谨，两手摆在身子前，就像等待出庭一样随时准备迈出自己的右脚。

在见到速为之前，李问其实没太多时间想象这个男孩的样子。他已经有了一年的经验，知道每次出来迎接他的一定是女主人。女主人们总是挂着一脸捉摸不透的笑容开门迎他进来，她们身后才是随时准备点点头表示最终肯定的男主人，以及在房间某处的孩子，有时他们的猫或狗也并列一排。李问从小就习惯了执掌家门的女人——她们掌控着家里的一开一合，无时无刻不在监察着一个微妙的内部平衡。这可能是这些年男家庭教师比女家庭教师更受欢迎的原因——年轻的女性会让女主人想起曾经的自己是怎么得到现在的，而年轻的男性似乎更容易成为她们的同盟。

所以李问一直小心翼翼不让自己成为任何一方的同盟，虽然他知道如果想在一个家庭里待的时间长一些，必然要选择加入女主人或是男主人的势力，这也意味着他需要进行更多更公开的琐碎选择：比如当孩子有了进步的时候，他应该选择先去告诉谁；比如当孩子有了不愿和父母说的秘密的时候，他是否应该做一个告密者；比如当孩子兴高采烈决定了自己将来想做什么的时候，他是否应该作为说客……在进行一个接一个选择的时候，李问觉得自己被困在一个无边无际的棋盘里，每走一步，此消彼长，却始终无法判断胜利会落在哪边。

他确实期待着罗老师和速为，他们的出现像突如其来的寒冷之光，终于给棋局带来了变着。而且他知道这一次，他的毕业证书又给他争取来了机会——所有住这种淡黄色房子的女主人都对他英语学位之外的体育管理专业饶有兴趣，对生命力的强大需求使得这些女主人自然地把生理健壮纳入自己孩子的未来竞争力指标之中。对于罗老师来说，这个履历更是求之不得，这不是未来竞争力，而是让速为焕发生命力的保证。

如果李问可以做选择，他会将这个她们眼中装饰性的专业划归为荒谬故事，而不是自己最有力的谋生技能。他和那些孩子、和速为一点儿都不像，又出奇地相似。之前他教过的孩子里有一个刚上高中就要开始准备 SAT 考试的，那孩子叫小桃，四肢修长，眼睛细细的，长了一脸的青春痘，只要身子稍微动一动就摇来晃去，像是支撑不了脑袋的重量似的。小桃太会学习了，对于这个将极大热情付诸学习的孩子，他能做的特别有限，除了帮小桃做做英语的听写，就是每隔一小时带着他做做俯卧撑。小桃的母亲似乎很满意李问的安排，尤其是俯卧撑，她每次见到李问都会和他说，小桃太瘦了。最开始，小桃一个俯卧撑都做不起来，他的胳膊撑在地上就像要散架似的左右摆动，后来也没有奇迹发生，小桃依然学不会俯卧撑，但他很喜欢跟着李问一起摆摆动作。李问知道，这是小桃对他回应的一种成年人式的礼貌，这孩子对于任何游戏或是放松都有一种清教徒般的罪恶感。小桃和李问说自己要去哈佛学法律，将来去联合国制定公正原则，李问就问他知道什么是公正吗，小桃说公正就是好人坏人各得其所；李问又问他怎么定义好坏，小桃说做好事的就是好人做坏事的就是坏人；李问问他如果好人做了坏事坏人却做了好事怎么办，小桃说那好坏就颠倒过来。算起来，小桃今年该去考 SAT 了吧，但愿小桃能称心如意。不知道有天小桃从哈佛回来后会不会举着公正的大旗来革他律师父亲的命。

　　李问有个习惯，他从来不再联系已经不教的孩子和他们的家长。他的手机里有一个一个的群——小桃家的，晴明家的，无奇家的，只要他不再是他们家的家庭教师，这些群必定死寂一片，他相信没有谁是刻意的，大家只是选择了遗忘和埋葬路途中不重要的记忆。他初中的时候曾经想要一只翻盖三星手机，哪怕最后只能用妈妈替换下来的红色手机，他也很高兴。那时候，他的手机里存满了班里同学的电话，是他去一个一个问来的，但只有妈妈的电话他接得最频繁，不能不接，无时无刻。他大概就是从那时起养成了不爱回信息的习惯，在他的逻辑里，信息是用来接收而不是用来回复的，阅后即焚。

　　不知从什么时候开始，他耳朵里总有那么个一寸小人跳进跳出，双手拢成喇叭告诉他："别和他们离得太近！别和他们离得太近！"

　　那儿总有一个看不见的引信距离，"快倒霉了"，李问看到耳中小人捂住嘴瞪大了眼睛。

罗老师打开那道深木色的门，她闻起来有无花果的味道。这个女人脸上没有一丝皱纹，光洁得熠熠生辉，她对他说的第一句话是：

"李老师，等你好久了。"

李问踩了个急刹车，前面有个灰乎乎的东西站在小路中间，是一只金色瞳孔的蓝猫。不知道是谁养的。这猫好像特别胆小，倏地一下又跑走了，像个沉默的影子。可能是从家里不小心跑了出来吧，他没多想，继续往后面那排别墅开去。他今天晚上来，是要向她交还车钥匙的。

以后他想起来，依旧不知道这把车钥匙究竟起了什么样的催化作用。罗老师不会开车，听说是因为来北京芭蕾舞团没几年就让老陈看上了，一直车接车送的，所以没什么机会学开车，久而久之也就不会开车了。李问知道，罗老师的车钥匙就是她身边男人的令牌特权——她只会把车钥匙交给一个人，但谁也不知道什么时候她就会把钥匙收回。他觉得这没有问题，给你的时候绝对信任，命都交到你手里；收回的时候不拖泥带水，让你猝不及防。

这段时间李问把秘书的角色扮演得严丝合缝，但罗老师和他离得越近，他越心惊胆战。这和他第一天来见速为的时候完全不一样。他提前被告知速为是一个特殊的孩子，其实速为的沉默让他欣喜。他害怕孩子们对他不经意的好奇（哪怕那好奇是极为短暂的），在速为身上完全没有这个问题，速为不会去在意他是谁，他怎么样，速为的全部都建立在一个暗黑神的世界里，他需要做的其实只是看着这孩子。李问他们是大城市里很特殊的一个群体，虽属于别人的家庭，却又完全是过客和旁观者。他们贴附在一个之前完全陌生的家庭表层，无孔不入地在这些家庭里进进出出——给他们工作的家庭需要付予百分之百的信任才能打开自家家门，将他们迎到身边，但他们呈递给这个家庭的只有一张履历表。谁能确保他们的来历？连他们自己都无法相信自己。在这个城市里，每个人供应的只有"此时"，过去既往不咎，未来不知所以，他们负载的除了不确定性，其实一无所有。

那天，李问回到自己的住处后确实有过后怕，也有过得意。他一字一字地默读新门卡上的姓名，直到门卡上自己那张没有笑容的照片开始变得陌生：他是个卑鄙小人，是个遗漏的逃兵，却也是个勇士。确定这件事之后（他在其中却感受到一种被动的顺水推舟），他搬出合租的房子，搬到了四环边上这个新的小户型小区里。一年前他刚来北京的时候就考察好了这个小区——这里和城市中心有着不亲不疏的距离，透过不高不低的窗户就能看到一张温暖踏实的床。最妙的是，这儿和罗老师他们的富人别墅区属于一个管辖范围，却隔着南北纵横的层层道路互不来往。北京和他来的那座小城一样，只要一到春天，呼啸的狂风会卷着漫天的沙粒吹干他的脸，不容哭泣，不留痕迹。对李问来说，只要能逃离自己潮湿和已经熟悉到发腻的家，北京的一切都是好的。他给自己的目标是在这四环边上的小区好好生活，隐没在一排排一层层一模一样的灰色建筑物里，无名无姓地好好生活。

一开始，罗老师和速为对他来说确实是再合适不过的客户。女主人让他称呼自己"罗老师"就行，他说好，他也没有任何权利反驳或拒绝，后来他发现无论是这家的保姆还是来的医生都叫这个女人罗老师。他从来没听速为喊过罗老师，不知道在速为的心里，她是罗老师还是妈妈。李问承认，从这一刻开始，他就对速为产生了一种莫名其妙的感觉，不是同情，是补偿，还有羡慕，尤其在速为房间的窗帘都拉上的时候，整个黑暗里只有速为在呼吸，一丝不乱。

李问前前后后回了四次轮，与车胎接触的胶地板不断发出"吱吱"的声音，他努力让车停在一个不偏不斜的角度。他看了一眼手机，正好是晚上十点钟，速为可能已经睡了，也可能完全醒着。他和母亲住的时候一到晚上就需要偷偷摸摸——偷偷摸摸爬起来上厕所，偷偷摸摸躲在被子里听歌，偷偷摸摸做个让他偷笑的梦，就算笑，也得偷偷摸摸。母亲在旁边的卧室就像夜里的狸猫一样敏锐，她能听见一切，看见一切，偶尔发出一声清嗓子的咳嗽声就

让他警醒不已。只要有人在，他在夜里就是警惕的，他怕
母亲突然穿墙而来。

罗老师总笑李问像小偷一样蹑手蹑脚：

"速为听不见，这房子隔音。"

"我总觉得速为没有睡。"

一到晚上，这座房子就分成了两个禁区——一半属于
速为，一半属于罗老师。李问从来不觉得速为睡着了，他
能看到在这金碧辉煌的壁纸后面速为两只黑洞一样的眼睛
一直盯着他，速为知道他偷听了那支录音笔，那是他们之
间最后押着的线。李问有几个晚上梦到速为全身赤裸地蜷
成一团，像个婴儿。

他更加确信罗老师和他之间建立了双方无法毁弃的一
场约定。他从来没见过这么果断的人，就在当天晚上，罗
老师答应了他提出的条件后，没有丝毫犹豫就把他带进了
自己的卧室。每次从罗老师的床上醒来，他都觉得脑袋是
沉的——这个女人身上的皮肤带着北方岁月的干燥，却有
着令人生畏的生命力，这种顽固令他熟悉又害怕。

鬣狗在饿急了的时候会吞掉自己同类的尸体，李问看到自己正变成一只鬣狗，用速为的秘密迅速换取了加入女主人阵营的机会。他问过速为 Diablo 是谁，速为说那是恐惧之王。他看到恐惧包裹着速为的秘密越来越向他靠近，直到他快要毫无遮蔽。他开始刻意注意自己的动作，不去随便碰速为的头发，也避免接触速为的手，但速为好像也没有察觉什么，他的秘密和故事似乎真的被埋在录音笔的树洞里不再跳出。李问只进入过一次这样的封闭世界，他在那儿待过一天：那里全部漆黑，仿佛被堵塞在宇宙中的一个虫洞里，没有时间没有空间。他知道速为就是在这样的世界里飘浮，他不麻木，他只是不回应。

　　知道了秘密的人会被斩首——他从前在母亲那里就不能有秘密，现在也不能有秘密。

　　"一套房子就够了吗？"罗老师的声音飘在凝滞的空气里。在罗老师那里，用一套房子交换一个沉默大概不值钱，李问想，像他这么卑鄙的人不值钱。可他又完全不像罗老师身边其他年轻男人那样明确坚定，他没有清晰的目标，连房子都只是藏身之所。他变得更加小心翼翼，不是因为他和罗老师的关系近了，而是他越来越觉得这个女人正在用他的愧疚操控着他，那些关于速为的秘密的记忆，在她手上不断翻滚，就要连他一起吞噬。

他认为自己确实进行了一场卑鄙的威胁，他是这么定义的。说出房子的要求后，他仿佛又回到高考成绩出来的那天，面对母亲大段的沉默时，他那种张皇失措和无能为力。

在李问还没来得及回答"足够"的时候（当然，罗老师知道他没有其余答案），罗老师却开始给他讲速为是个多么有天赋的芭蕾舞者，就像她本来就准备好了今晚只说速为的故事一样——只要音乐一起，别人听几遍才能记住的节奏速为立刻就能合上拍；速为小的时候怕黑，得给他留一盏小夜灯才能睡着觉；现在再也不必规划速为明天需要做什么，这幢房子是后退的，没有明天的安排，只有不断的、（现在看来）极其可疑的回忆连接着母子俩。李问开始明白了，无论是他还是钟医生，他们真正的任务其实只需要保证速为是安全的，不需要为速为治疗也不需要教他什么。罗老师说得越多，李问就越恐慌，他怕自己压垮那轻如鸿毛的天平一端，怕自己将对速为精心创造的暗黑世界视而不见，怕有一天速为终会陷入那个暗黑破坏神的世界里直到双眼全失。但是如果他把速为从那个世界硬扯出来又会怎样？他甚至无法确定速为再次目睹的东西来自真实的世界。不管来自记忆的故事是谁讲给速为的，速为都已关闭双眼。而他既不能拯救小时候的芭蕾舞者速为，也不能拯救将来的成年人速为，他只会成为一个血淋淋的刽子手，以"真实"的名义将一切推向公正的陷阱。

罗老师没有喝酒抽烟的习惯，在生活上，这个女人就像个自律机器，用数数般的喘息来减缓岁月对自己的磨损。她穿着衣服的时候是熟得刚好的无花果，当他占有了脱掉衣服的她的时候，无花果后面那层发着微臭的涩味就出来了，再光洁的表面也无法掩埋年龄发酵的味道。去她房间的次数越多，那从干涸的根茎蔓延出来的味道就越长，把他包裹得越来越透不过气。那味道让他想起一切的衰败，让他想起伪装和欺骗，让他想起自己的母亲。"妈的，女人是臭的，我又干吗去闻她们？"李问嘟囔着，不小心嚼着口香糖的后槽牙咬住了舌头，"真疼。"

李问厌恶自己直到现在都没法自然地说出什么带脏字的骂人话，这一切怯懦的根源来自他母亲，他对此深信不疑。就连裴医生，都曾在诊所几次把大夫护士们骂得狗血淋头，隔着罗老师的办公室都能听到。"骂人是一种手段。就很奇怪，大家看到你还能流利地吐脏字的时候，就怕你。"罗老师又在试图教育他，她对他总是这样，从来不明确自己的需求但总暗中怂恿他照做。

李问最近一直在想，要是当年没发生那事儿，真的去跳芭蕾舞了，是不是一个更残酷的结局？说实话，李问最看不上穿紧身裤的男人，他想起白色紧身裤包裹下的那些器官和肌肉，掩耳盗铃似的明晃晃摆着，就觉得毛骨悚然，到现在他也无法理解芭蕾舞的爱好者们是怎么想的——所有能达到的极限都是以身体变形和些微畸形得到的，只要开发运用身体，必然自残。他大学时候学的那些运动理论，跟着运动员做的那些训练，导致的只有一次次的呕吐，虽然最后你的肌肉不得不跟上训练过的记忆，但在李问看来，这不过是大脑利用惯性对身体的一次次欺骗。他看过罗老师的脚指头，她脚上的两个大拇指从中间完全多拐出了一块，即使这样，芭蕾舞也没有回报过她哪怕一次真正登台表演的机会。

"我们当时没那个条件，英语学得再好也只能窝在这里当个老师。"——母亲的话最近一直响起，就在他乘车库的小电梯往上升的时候。这个小电梯有时候因为电压不稳时明时暗的，罗老师今天还说了要赵阿姨找人来修。电梯速度不是很快，又很窄，每当里面的灯暗下去的时候他总要抬头看一下。这次他仿佛看到了一个舞台，才发现自己和速为一模一样。母亲就在舞台下面微笑看着他，他身上缠满白色的渔线，母亲动一下手指，他就走一步；母亲的指头抬起来，他就四肢悬空，显得可笑而空洞。

"我想好了，我已经想好了，"李问心里嘀咕，"怯懦就是仇恨。"他知道罗老师在等他，不动声色地站在柔软的地上，假装出被他征服的喜悦。又过了十分钟，他可以让她再多等十分钟，他可以和她说电梯突然停了，他一直在等电梯重新开动。就像那天一样，只要他开口，这个女人就知道他心里的恐慌。一旦说出了口，知道秘密的人会被秘密捆绑，对面的人才会有恃无恐。他要亲眼看罗老师的堡垒坍塌，但他已经开始恐慌废墟里血肉模糊的速为，因为这些女人，她们的生命力是如此顽强。

他现在面对的必然是一场告别，而不是坦白。没人给罗老师和速为讲讲他的故事，真可惜。她面对的是一个用偷来的真相骗取北京的栖身之所，又胆小到把自己藏起来的卑鄙小人，现在，这个人又害怕了，要拱手相让躲回蝼蚁之穴了。罗老师临了得到这么一个故事未尝不好。她大概从来没试过把给出去的东西收回来，对于她们这样的人来说，一旦收回来就意味着那根牵着的线也断了，第二天她连你的名字都不会记得了。

李问也不知好歹地盘算过这个家的结构。其实这样的小区说严格很严格，看起来滴水不漏；说不严格也不严格，每家每户的熟人都可以带着装过磁条的卡进进出出。毁掉留下的痕迹，或真要招上恨意的话，杀人放火一桶油一个打火机就够了，房子又不是铜墙铁壁，一下子就能着。因为仇恨犯事的人，抓到他们又有什么用，被恨的人不也早死了嘛。要这么做，速为也许会取笑他的懦弱，虽然速为可能完全听不到，也不会在意发生了什么。速为教过他怎么使用死灵召唤师，说那是他最喜欢的角色，可李问就是学不会，每次没等到召唤来灵魂他就被恐惧使者打死了，速为总会"咯咯"笑起来。他没和速为说那是他第一次打《暗黑破坏神》，那是他的恐惧之源。

罗老师给他开了门，紫红色的裙子柔软地包在她身上。他看到火苗已经在她身上燃烧，他要最后确认一遍那微臭的涩味，该死的味道，然后在白天留下钥匙逃离这里。

他必须前行，而不是被 Diablo 吞噬。更大的恐惧还在前方等着他。

# 3

　　青春期过后，陈速为就停止了生长。直到他眼睛里出现了那两个巨大的黑洞，他觉得身边僵硬的世界才开始清晰，就像在正午晃眼的阳光下待上那么十五分钟，短暂眩晕之后跟着的是更短暂的窃喜。

　　妈妈一直在楼下。

　　他们住的房子在整个小区的最西边，西边第三排从左边数的第五栋。和周围其他别墅一样，淡黄色的长方体加一个红色的尖瓦顶，门口有一棵海棠树。那不是他们种的海棠树——小区里每一户门口都有这么一棵树，几乎一样的高度。这里喜欢提供标准化的制式，仿佛标准化才能保持这儿的某种格调——我们提供了方便，但你们不能拒绝这种方便。

整个上午妈妈是不出门的。她会坐在楼下餐厅的长桌旁边，一言不发地看着赵阿姨一寸一寸擦拭地板表面，日复一日，地板干净得没有尽头。他不知道这个年头有谁还会让人蹲着用抹布擦亮自己家的地板，在他看来，这既没有意义又烦琐至极，就像他们家里所有无用的装饰一样。四年来，他看着赵阿姨白天扫荡每一粒灰尘，晚上做好饭默默离开，他不知道赵阿姨晚上住在哪里，可能是这个小区不远处那片低矮的灰色宿舍群，也可能是很远很远的另一片灰色宿舍群。他也没法去亲自证实，四年来他都待在同一个房间，同一个淡黄色立方体里。

说实话，速为完全不喜欢家里的颜色，太亮了，亮得刺眼。Diablo 的世界里一切正好——暗红的身体，暗红的宝石，黑色的空气，只有他在闪闪发光，一点儿也不刺眼。

他总是拉上所有窗帘，锁上自己房间的门，这样眼前的屏幕才能正好把他吞噬掉，一点儿不剩。

妈妈会在下午一点的时候准时敲三声门，说她出去了。有时他回头，有时他不回头。然后过一刻钟，速为就打开自己的门（他一次比一次更精准地掌握这段等待的间隙），蹑手蹑脚下楼，迅速吃掉赵阿姨做的饭，如同一只小兽那样。有时，赵阿姨在附近洗些什么东西，他们就彼此交换一个眼神，速为对她点点头，他觉得点头代表感谢，感谢有赵阿姨的饭菜让他每天不至于猝死在营养不良的假设中。有时他又会想，也许妈妈不那么害怕他可能猝死，也许她每一天都做好了接受什么的准备。他猜不透她，总之也并不是她把自己关在这里的。

再次钻回自己的房间，速为打开了那台有他年龄一半大的电脑主机，他没有马上去开显示屏，他想再等等看。速为的房间既不像十八岁少年应该有的那样凌乱，也不像这里的物品所属的年代那样沉默——零几年那种配主机的电脑、巨大的液晶显示屏电视、黑色的 PS2 游戏机、郑重的白色匣子里摆放整齐的游戏光盘——这些东西呈现出一种极为复杂的时间网络，既不属于现在，也不属于过去。

可能他不会再来了，速为想。

已经三天了，速为能够察觉自己又再次回到了只有Diablo 的世界。魔王混沌而巨大，他从来没有看清过它的脸，虽然低沉的旁白说 Diablo 是恐惧之王，但他从来没有感到害怕过。速为打开电脑显示屏：和他房间几乎一个亮度的树木、水潭、教堂以及遍布的死尸，这才是他的世界，他在这里瞬间就不记得自己的脸了，因为能够代表他的只有那球形杯里的蓝色液体和红色液体。液体在他就在，液体没了他就死了，这里的规则简单直白。

他也可能早就死了，所以这两天甚至只能透过眼睛里的黑洞去看周遭的境地时，他也一丁点儿都没有恐慌。所有的东西都被戳了个大洞，他只要睁开眼睛，黑洞就附着在这些树木、水潭、教堂以及死尸的每一处，仿佛只有他闭上眼睛才能摆脱，大概这就是恐惧之王的诅咒。

李问没来。

本来想把这件事第一个告诉李问的。最近似乎通过李问，速为开始能和妈妈交流了。他们都以为他不说话是有病，不知道他只是疲惫而已。他也没那么喜欢李问，但毫无疑问，李问比之前家里偶然见到的那几个年轻男人更舒服，不是那种令人安心的舒服，而是有莫名的熟悉感。李问身上从来没有多余的香味，速为不喜欢香味，Diablo那里没有气味。

如果没有李问，速为大概永远不会把眼睛里出现黑洞这件事告诉妈妈。他和妈妈之间一直有各自的秘密。只要他不说，直到他死或是她死，这些秘密都不会被参透。长久以来，他和妈妈就像两块永远同极的吸铁石，如出一辙，从来没有那么"哐当"一声相吸的可能性。虽然她经常聪明得让他害怕，但是只有他才能看到自己眼睛里的黑洞，这比不说话还容易伪装。即使他就这么一声不吭地带着黑洞一天天过下去，这黑洞也不会大到超过自己的两只眼睛。再说，Diablo那里的每一寸都已经经过计算，就算两只眼睛都瞎了，他也能看清那里发生的一切。

就像他们说的——

"他每天都把自己关在屋子里打游戏。"

他们只说对了一半。

他可以是法师，可以是弓箭手，可以是披挂铠甲的战士，也可以是召唤亡者灵魂的巫师。他在 Diablo 的恐惧里日复一日，在这个世界，他可以一次次战胜那具深红色的庞然大物。但他永远无法真正杀死 Diablo，每次打开主机和屏幕，恐惧之王就会再次复活，然后他再次义无反顾去扑灭 Diablo。速为觉得，他们之间建立起了某种比他和妈妈的关系要诚实得多、真实得多的关系——Diablo 不会在你一无所有的时候出现，它一直在黑暗深处等着你，从不食言，一直等着你升级到足够强壮和自信的时候对它投来那致命一击。那一瞬间，恐惧没有分崩离析，他凭借自己拯救了这片应许之地、破碎深渊。这里的好坏不需要他来分辨，他只需要做那个拯救所有人的勇士。这样，他的生命流淌得越来越快，也越来越没有意义。

如果他不说，妈妈不会发现他有什么异样的地方（这大概就是他一直被大家归为"异样"的众多好处之一）。他只是在下楼和刚才吃东西的时候才能感到眼睛被凭空遮去一大半的那种强烈不适。又或者是妈妈选的这些浅色物品中间突然出现了深不见底的黑洞，两种光感差异太大，才让他产生了这极大的眩晕感。他几乎需要扶着楼梯把手，像只猫一样往前探脚，才能知道下一级楼梯在哪里。

半年前，他听到妈妈和李问讨论他，说他在逃避真实世界，好像是李问第一天来的时候。他们说的真实令他困惑，他也懒得辩解。"不是虚拟困住了我，我被真实所困。"有次他对着录音笔说完这句话，自己就笑了，这话在静悄悄的夜里听起来，既无辜，又虚假。

晚上八点是妈妈回家的时间，但大部分时候她都不守时。

他几乎就要转身上楼，这样能避免说话。每一次说话，他需要战胜的不是语言，而是说话时周围密布的水蒸气：它们异常细小，但是速为看得到。水蒸气在人们未开口的时候便开始蒸腾，带着猜疑、虚伪、伤害、浓烈、爱与恨蒸腾跳跃，速为需要战胜它们，才能张口。这个过程很漫长，这些年的大多数时候他都错过了说话的时机，因为往往当他胜出、水蒸气们终于安静下来的时候，人们却走开了。

"罗老师，汤在锅里。我先走了，有需要我做的给我发信息。"

赵阿姨每天都是这么句话，意思是她可以离开了，她完满结束了一天的工作。大多数时候是汤，妈妈晚上只喝汤，他也跟着只喝汤，这是他们俩维持经年不变的体形的原因。即使她不全天在家，他天天在家，他们的体形和过去相比也没什么变化。他们早练就了对食物并不旺盛的需求。

这几天妈妈都是八点回来的，速为猜她可能和自己一样也在等李问。他也说不清为什么，现在妈妈看着刚下楼的他的时候，似乎比往常更如释重负。速为也是最近才读懂了妈妈的眼神，他终于摸索出了一个答案：妈妈从来没有因为他整天待在家里而惊慌失措。有一阵子他甚至很笃定地相信，对妈妈来说，他在家、在楼上、在 Diablo 的世界才是唯一可靠的事情。

他发现妈妈的脸又鼓了起来，映射在水晶天花板上，亮得令人发慌。每过一段时间，总有几天妈妈的脸会鼓起来，像灌入大量空气的气球一样突然膨胀，肿胀在妈妈脸上更多呈现出的是木然。这是一张看不出年龄的脸——

杏仁样子的形状和微微翘起的短下巴，眼睛明亮上扬，眉毛却很妩媚，脸上的皮肤在该有皱纹的地方却被撑得满满的，没有丝毫呼吸的余地，和大厅里那张雪白的大理石茶几一样冰凉无聊。这本来应该是一张生动倔强的脸，但撑起的空气凝固了所有的毛孔，冻结了眼睛鼻子眉毛和嘴巴的所有运动。然后只需要几天，这些庸俗的肿胀会慢慢消失，妈妈的脸会变得光滑，一次比一次更加平滑。这一切使得这张脸又很奇怪。这张脸上没有一丝皱纹，只有平坦和亮滑，简直不可思议。

在 Diablo 的世界里，所有的角色都能从皮肤的褶皱判断出他们的年龄，这些褶皱做得很真实，速为从来没有怀疑过：用智慧帮助他的人们干瘪慈祥，用力量帮助他的人们高大强壮，用财富帮助他的人们柔顺圆滑。他在特定的时间特定的地点遇到特定的人，不需要猜测人们各色各样的皮肤下面是否还有让他吃惊的秘密，一切都有规则，这些规则使他死心塌地。

对于速为来说，妈妈脸庞的肿胀和消退是一个不多的、极为准确的时间点，一个预示事件发生的时间点。

每次当妈妈脸上的肿胀消失，她的脸如同银色金属一样平滑的那几天里，他们家就会来客人。速为也不确定如何称呼这些年轻男人，他们确实是客人，因为他们总是间歇地待够一个晚上就走，从来不参与他的生活。他的房间在三楼，妈妈的房间在二楼。对于这些年轻的客人来说，他的三楼是一个被遗忘的营地，没有人会经过他的房间，如果在楼下不得不相遇的时候（这样的时候不多），他们会尽量踮着脚弓着背让自己隐身而过。只不过这些客人每次停留的时间比标准意义上的客人还是要久一些。所以速

33

为都会认真去观察妈妈的脸，暗自掐算好时间，以便在那几天之中尽量避开和这些年轻男人相见。

他记得其中有一个人的下巴也是棱角分明的方形，就和他小时候见过的那个人一模一样。他当时飞快地跑上楼，关上自己的房门，留下那个长着方下巴的年轻男人一脸惊慌失措。他看得出来，这个年轻人比自己要紧张许多，他只不过想下来倒杯水而已。他相信，那年轻男人另一半的紧张感还来自头顶那片水晶天花板，天花板一闪一闪的，上面映出的是穿着柔软浴袍的一张张年轻的脸，没有分别。在那之后，速为更加小心翼翼，因为年轻的客人就像树林里英俊的小鹿那样容易受到惊吓。他们和速为之间也有不需要语言沟通就彼此了然的秘密——速为知道这些年轻男人总是会离开的，他们不可能加入这个家，这个只有他和妈妈的家。

速为从他们的眼睛里（虽然大多数时候速为和他们没有任何眼神交流）读到这也不是他们的目的。所以那天晚上当李问意外留在家里的时候，速为看到从李问的眼睛里涌出不断翻滚的热情，他几乎从来没有见过其他的小鹿有这样强烈的情感。速为第一次有所期待，期待李问能留下来，像狮子一样踩在那些走散的小鹿白色的骸骨之上。

从速为开始有记忆的时候，他就反复记着妈妈告诉他的最重要的一件事，她说——爸爸不在，爸爸又失踪了。他记得爸爸是个规整的人，和自己不是太亲近但也不太严厉，再后来他对爸爸的记忆越来越淡。他不是那种会给自己讲童话故事说爸爸去远航了、爸爸在处理一件遥远漫长的事情的孩子，他懂这是谎话。他也分辨不出来在有限的断续记忆里，爸爸是不是一直和妈妈吵架，爸爸是不是系紧了衬衣最上面的那颗纽扣。

他们家够大，大到每个人的声音在这里都被千山万水阻隔得死死的。爸爸失踪之后，几个穿灰蓝色衣服的人还过来给家里的墙壁打上了消音板。这些人的工作极其沉默迅速，和整个小区步调一致。好在速为从来不出去，没人听得到他，他也听不到别人。他就是那个童谣里被鸟妈妈叼来的孩子，一睁眼就能看到鸟妈妈给他准备的全部世界。

妈妈找来的那个穿白色衬衣的专家说，这孩子的脑子里有个"思维盲区"，阻隔了他和外界的共情。他一直记得妈妈当时的问题：

"他会伤害自己吗？"

"不会，目前来看他没有伤害自己的倾向。"

"您能保证吗？"

"我们通常不保证什么。您要知道，这就像是精神世界里的动脉硬化，没有强制性病变，但也不知道什么时候能好转。"

于是他知道了妈妈的底线在哪儿，她需要他安安全全躺在自己给他准备的世界里。即使他没有应答，即使他隐身于对 Diablo 漫长的追逐之中。即使他在 Diablo 的暗黑地狱里头破血流也没有关系，因为最终他能无数次复活，谁也伤不到他。他在这里有另外的名字，那些名字来自古老的经书，暗示他是天使和恶魔一起产下的孩子。

同时，Diablo 也总是借用别人的意志一次次复活，恐惧之王仿佛从来没有真正的身体。速为越来越相信，

Diablo 世界的秘密来自写满代码的光盘和运行它的、过时的 PC 系统——这是一个真正封闭的系统，明知道结局却还能产生巨大力量的完美系统。

妈妈以为他喜欢所有的虚拟世界（或者妈妈只是在暗示他什么），曾经给他买过好几个手机。他惧怕手机里的游戏——它们没完没了，只是不停地向前，没有终点，毫不真实。最糟糕的是，手机总是需要你去等待其他的人一起加入，追随你或是带领你。这意味着一切又将建立在你的判断和别人的伪装之上，真真假假，速为害怕这样做，所以他早就把从来不用的手机塞进抽屉，他想不出还有什么其他的方法可以掩埋掉这些白色方砖。

速为有属于自己的秘密语言。

他有一支录音笔，是挺久之前来他们家的某个年轻客人带来的，他很喜欢。他在这支录音笔里偷偷存放了几个故事。都是他记忆里的事、他偶尔想起的事和他已经忘了的事，绝没有自己想要做的事。他就像是一个被埋葬在消逝的时间里的人。不会有其他人听到，一开始他是这么以为的，以为只有 Diablo 听到了所有他存放在这个黑色小长块里的声音——其实也没多少，毕竟这个黑色空间的储存量极为有限。他从来没有告诉 Diablo 的是，他希望这位恐惧之王有一天真的能吞噬一切，用传说中世界之石的毁灭之力。

有一年刮沙尘暴的时候也是这样，那次有东西刮进了我眼睛里，妈妈带我去眼科医院把它取了出来，是一颗煤渣滓。那时候我看所有东西也是模糊的，每眨一下眼睛就被磨一次，每磨一次就感觉里面出现了一个洞。

速为能从回忆里捡来的故事一天比一天细碎，他怀疑这眼睛里的黑洞也开始侵蚀自己的记忆。他的脑子也像是被两个黑洞穿透分割，奇怪，眼睛不是只能看到眼睛前面的东西吗？最开始人们说物质世界是可靠的，后来物质世界不可靠了，精神世界占了上风，肉眼看不到精神，所以精神最牛，但如果肉眼连物质世界都视而不见，那精神恐怕也早就消亡了，一切都是我们估计过高。

速为想了想，其实他等李问的原因不是为了决定是否去和妈妈开口，而是为了趁赵阿姨给他洗澡的时候，把这支录音笔放在抽屉里。他只需要稍微将抽屉拉开一个小缝，李问就会接过来拉开整个抽屉。这是他们之间的秘密。他知道李问听过这个黑色小方块里的故事（他不确定听了多少），这使得他给录音笔讲故事时鬼使神差地有了选择性——他成了一个叙述者，就像 Diablo 身后低沉的旁白一样，他把记忆变成故事，他深信的真相也不再那么刺眼，他甚至开始怀疑真相的虚假程度。

对妈妈来说，他的生长也是停滞的。

从赵阿姨来他们家的第二年起，妈妈就把给他洗澡这个任务交给了赵阿姨。妈妈给他洗澡的时候，他觉得自己是个孩子，只要是个孩子就可以暂时没有性别，就可以没有任何生理尴尬地面对一个成人。赵阿姨，这个矮小朴素的女人每天用正儿八经的饭菜喂饱自己，虽然这种举动也抹去了赵阿姨的性别，可当他真的赤身裸体面对她的时候，他就马上发觉自己是一个装在孩子躯壳里的成年人，这让他难受、尴尬、羞愧、浑身起鸡皮疙瘩。

他和妈妈说好一周只洗一次澡。他起鸡皮疙瘩的时候，赵阿姨以为他是怕冷，所以她后来备出一块毛巾浸上浴缸里的热水，再把毛巾搭在他的后背，以为这么做就会让他觉得暖和一点。他在被人发现的愧疚和感激之间麻木摆动，他学会闭上眼睛来想象这是一个将要迅速结束的梦。他看不见自己的身体，也感受不到赵阿姨的手，他只是自己五岁那年养的那只白兔，一旦泡在水里就一动不动。

从赵阿姨用毛巾帮他擦身体的动作里他有时能读到一种可怜，赵阿姨对他的可怜。"别怕，我们来擦擦头发"，坐在浴缸里的速为更像一个孩子了。赵阿姨有时会用对付兔子的那一套语气和他说话，他也习惯了。他这样的年龄居然还需要一个中年女人来帮他洗澡，这就证明他将永远是个孩子。即使这样，即使把自己伪装成一个可笑笨拙的孩子，他也不想碰自己的身体，如果可以，他想像鱼一样把自己摊在石头上晒晒太阳，阳光不是能消灭一切病菌吗？

他的注意力总集中在这些零零碎碎的事情上，这让他觉得世界很危险。偶尔他也会察觉别人在刻意隐瞒的事情，比如：速为发现李问趁他洗澡的时候偷听了自己的录音笔，因为录音笔摆放的位置多向右倾斜了一些。那天，他把自己埋在被子里好久，密闭的空气带给他一个想法——他要和李问分享这些声音，这样的话如果有一天他死了，至少还有人听到过他真正的记忆，这些记忆有关他的成年，他停滞不前的成年。


他迈下了楼梯的最后一级，水晶天花板上交替出现妈妈的脸和他的眼睛，一前一后闪闪烁烁。他说："妈妈，我的眼睛里有个洞。"

# 4

赵阿姨今天上午来得晚了那么半个小时。罗老师已经在一楼的餐厅窗户前绕了两趟，她不是那种卡着点等阿姨犯错的雇主，但她禁不住想总是有什么特别的事情耽搁了赵阿姨，这种情况不太多见。罗老师总嫌这餐厅太大了，除了家具和一些成套出现的摆设物之外，太阳正好可以在餐厅的对角线上投下一个倒着的圆影子出来。设计师说他的理念是"优雅而冷淡"，她总觉得这两个词凑在一起实际上毫无意义。物业给她推销的时候说这里能容下一个二十人的小型聚会，还是大家端着酒杯自由走动的那种，好多邻居都是冲着这点来的，是的，这里的人们总是喜欢复制Netflix热销剧里面的生活，不管有用没用。她心里明白自己用不上这块地方的概率几乎百分之九十九地压过了能用得上它的微弱可能，但那仅仅百分之一的概率就能让自己喘口气。再说，这房子的格局哪里都合适，也不能随意拆改——越是贵的东西，留下的无用的空间就越多，给人的自由也越少。这么多年了，罗老师早把大多数事情想得透亮，不在乎多这么一个总是有影子跟随的大餐厅。

她往前探了探身子，好像看到赵阿姨正碎步走来。有了窗户这一层隔断，她像是第一次认识赵阿姨一样观察她：这个女人总是少言寡语，知道在什么时候做什么事情，自从她来家里之后，自己一下子就从容了起来，她也不乱找速为说话。最重要的是，赵阿姨是那件事之后来的，她一来面对的就是一个自闭的孩子和任性而可怜的母亲，所以罗老师面对她没有负担。赵阿姨比自己年龄还小，但是皮肤比自己粗糙得多，圆圆的眼睛周围密布着一圈细纹。这是个一辈子没把容貌挂在心上的女人。虽然她这个人没有什么慈悲心肠，但也总是刻意把一些自己不太用的化妆品留给赵阿姨，其中还掺着从酒店带回来的小瓶装沐浴液或者洗发液。刚开始她特别小心翼翼，害怕自己这么做会招来多余的事端，后来就像沉默约定了一样，一个给一个拿，仿佛这些闲置的化妆品能弥补她不曾窥见的赵阿姨逝去的年岁。她们这个年龄，不老也不年轻了。还是赵阿姨先问的她的年龄，问完后赵阿姨再不说话了。再后来，她会收拾出来不穿的衣物打成包，放在透明的长方形置物盒里。她慢慢发现，赵阿姨对她的化妆品报之几乎无动于衷的礼貌，倒是对这些衣物很感兴趣，每次都流露出确凿的真情实感：

"我儿子是收旧衣服的，他就喜欢这些好料子的。"

来了北京之后，罗老师就爱买衣服，对她来说，这是唯一能证明她真真切切居住在这个城市的东西。从一开始在老赛特购物中心摩挲意大利羊绒大衣时的欣喜若狂，到现在去银泰默默扫一眼所有店铺，却发现除了导购员推销的最新款她几乎毫无所求时的木然，她见证了老赛特的没落——赛特公告要关门那天，她还专门过去了一趟，速为小时候的那身法国产的练功服就是在这儿的五楼买的，那时候除了赛特没有别的地方卖进口舞蹈服，尤其是给男孩的。她想想也觉得不可思议，不到二十年的工夫，整个城市都走在世界前端了。她不知道自己是缅怀那个时代的余光，还是遗憾自己再也不能给速为买男孩的衣服了。她曾经看着这个城市不断涌出来的交叠的购物中心得意扬扬，觉得自己与周边那些潮起潮落无关，觉得自己的漂亮孩子会一直漂亮下去，自己的风光生活能继续风光下去。现在，她只是茫然地被这些年轻的导购小伙子引向最新的款式，例行公事结账走人，像季节更替一样。

有天罗老师多问了赵阿姨一句：

"你儿子他们把这些旧衣服收到哪儿去？"

"他们拆了回收。"

"拆了？不是捐出去吗？"

"料子好的，拆了都是好的棉布头，加工加工就能送到非洲去卖。"

45

从那之后，罗老师才知道回收是一门生意，就像这世上所有的事一样，变个样子，都能继续下去。她刚来这座城市的时候还不到十八岁，那时候在芭蕾舞团里她就是小罗，后来成了陈太太，再后来是罗老师。她觉得自己是小罗的时候最有干劲，一心想上舞台跳白天鹅，也没什么其他别的心思。她被选进歌舞团的时候，用自己第一个月的工资托团里的小赵帮着买了条白天鹅穿的裙子，亮闪闪的那种。小赵不到三十岁，管道具服装，算是团里的"老人"了，大概每个刚到团里的姑娘都有过这样的请求，小赵特别明白，把钱利落地往口袋里一揣：

"知道！我有你的尺寸，等半个月就好。"

罗老师后来想起来，才发觉当时对小赵来说，每个刚来团里的姑娘可能也是一门生意，人人都梦想着最开始的白天鹅舞裙，尽管最后能真正扮成白天鹅站上舞台的其实只有百分之一。她成了陈太太的最初几年里，还把舞裙放在衣柜里专门的一个搁架上，像神龛一样供着、等着，像跳过了一个格子，终于等来了速为。她煞费苦心给还不会

46

说话的速为听各种芭蕾舞剧，盼望这么做能培养这孩子的节奏感。谁叫节奏感这个东西这么微妙。她曾经不服输地偷偷留下来看团里能站在舞台上表演白天鹅的思元排练——思元的脚背也就比她多折叠零点一厘米，旋转也就比她多停留一秒，手臂也就比她多延伸一个指甲盖——就是这些分寸间的不服气，聚拢在思元身上化成了完美的卡点和舒畅的节奏，融于她在台上的一吸一呼，昭示她首席地位的不可撼动。

艺术总是靠天分的。罗老师在自己是小罗的时候绝不承认这个事实，直到她发现速为第一次上芭蕾舞课的时候竟然有着思元那样的节奏感，她才开始一发不可收地成了一个艺术天分论者。她狂热地幻想把速为扮作王子、扮作海盗、扮作堂吉诃德，为自己延续那从来没有实现过的大舞台梦。她迫不及待地等着速为长大，那种渴望反射在速为身上，逐渐和她记忆里的思元慢慢重合。

昨天她犹豫了好几次，要不要把那条白天鹅舞裙也给赵阿姨一并收走。后来她还是收回了这个想法，把裙子叠进一个白色无纺布软袋，塞进衣帽间最角落的五斗橱里。现在看来，这条舞裙廉价得要命，上面的珠片呀，羽毛呀，就像耷拉着脑袋的山鸡一样徒有其表。这个五斗橱是整个衣帽间最奇怪的存放空间，里面有她的舞裙，有速为的练功服，还有两三件老陈的衬衣。这些东西诡异地散发着各种记忆的气息。她知道，它们就在那里，神秘地自生自灭。

门铃终于响了，仿佛一个世纪那么久。

罗老师知道，这个院里有一半人家的阿姨是住家的，这其中几乎全部都是有男主人在的家庭。之前罗老师就觉得阿姨住家带来的是赤裸裸的窥视，不只是阿姨对自己寄居的家庭，还有家庭里的男人对睡在地下室或储物间的阿姨；现在罗老师依然害怕被窥视，尤其是住家阿姨对一个没有男主人的家的窥视。她不愿自己和速为遭遇这些，所以李问狭长的眼睛里偶尔闪烁出的令人迷惑的狡黠，让她心惊胆战——他所窥视的不只是自己，还有这幢淡黄色房子所投下的巨大阴影。

她记起李问来的第一天，她也是这样站在餐厅的大窗前面观察。用那个设计师的词汇，她们家所有的窗户都是"会议隐私级别"的，无论是这个词汇还是最终安装的结果，都让罗老师满意。这些窗户看起来和别的窗户别无二致，但是它们的奥秘在于从里面向外看一清二楚，从外面向里看却一片黑雾，对，就和她停在车库里的那辆迈巴赫车窗玻璃一模一样。那个设计师是第一个明确表现出对她另有所求的年轻男人，她从他第一次向她展示装修设计方案的时候就察觉到了，因为他的眼神和她当年看向老陈的时候一模一样。不一样的是，设计师是南方人，而她来自那个倔强的北方小城，她对水乡男人始终有种不信任感——他们太爱自己了，所以他们那么柔软。

她和那个设计师最后没有上床。那时候罗老师听信了会所里甲太太乙太太的话，认为不到四十岁的女人都是有权等待爱情的。这些太太，有的是丈夫和老陈认识，有的是被一个带一个带进来的。她曾和她们一起消磨过一年的时光：她们百无聊赖，日复一日重复着茶会、餐会、点心会、音乐会、美术会、阅读会……她把自己装扮成一个快乐的木偶，丧失了嗅觉和听觉。她不再是芭蕾舞团里那个永远等待上场的 B 角，却像是停不下来一样在原地疯狂转着圈，不知疲惫，等待所谓的某个人再来爱她。

一过四十岁，罗老师首先察觉到的就是自己不再那么柔软了。她不再能轻易地让自己像个真正的芭蕾舞者那样伸腿下叉，她的跳跃变得不再轻盈，她开始气喘吁吁，她甚至觉得自己的床也变硬了，总是把肩膀硌得很疼。甚至，她的胃也不再柔软，连最微小精致的食物都仿佛卡在胃和咽喉的中间不愿下去。为了延缓这种情形，她一直保持每周一次的芭蕾训练，尽量让胃和身体蠕动起来。她把自己家的地下室改成了一个练功房，在这一点上她倒是很欣赏那个年轻设计师的聪明才智，是他建议把练功房放在地下室的：

"您没有保姆房的需求，所以完全可以利用地下室的这块空间，楼上不会察觉。安静又私密。"

她只是稍微暗示过这个年轻人，速为讨厌任何和芭蕾相关的东西，这个年轻人就完全避开了所有的引爆点。他仿佛知道速为绝不会走下楼踏入这片禁区，就像一只敏感的老鼠绝不会两次踏入人类布好的捕鼠夹。或者，这个年轻人还暗示着她别的东西，比如在某个恰到好处的夜里，罗老师可以用人们惯常使用的酒作为双方都心知肚明的诱饵让他留下来，再接下来，他可能能拿到停在车库里那辆车的钥匙，带着她去给自己买些漂亮礼物。作为一个刚毕业的建筑设计专业的博士，这些行头和上流社会的垂涎都会变成他日后的谈资，或者运气够好的话，罗老师也许能成为他工作室的第一个赞助人。

是不是现在的一切都是对过去的补偿？她如此清晰地记得这个年轻设计师的长相和声音，却记不得第一个被自己留在家里过夜的年轻人是谁，长什么样。那可能是个意外，一个弥补早已消失不见的设计师的意外。

年轻人越来越多了，为了弥补更多类似的意外，罗老师用老陈留下的一部分钱创业了。她至少从那些太太身上学会了怎么花钱——钱不能被报复性地花掉，钱是资本。

其实她干什么不太重要，重点是要给这些越来越多的意外找个归处。这些年轻人需要一个棉花般柔软的平台，大部分人不愿不劳而获，那会让他们觉得自己是宠物。她一直都是一个通情达理的人，那她就给他们建这么一个平台。这样，没人争吵，也没人痴想留下来。

所以当裴医生通过甲太太找到她的时候，虽然她平日里十分反感甲太太，但眼前的裴医生还是让她产生了莫名的信任感。裴医生一米七五左右，皮肤有些黑，五官周正，有一双让人看了就羡慕的圆润耳垂。罗老师跟着老陈学到了两样事：一是耳垂圆的人能做生意，二是双臂长的人能做官。裴医生试探着向她展示了自己谋划的项目——十页PPT，言简意赅，轻重有序，他的声音丝毫不梦幻，句句敲回现实：

"您的牙这么漂亮，肯定知道整个牙齿产业背后巨大的社会效应和经济效益。"

罗老师知道以裴医生的专业眼光一定看出了自己这一口白亮的烤瓷牙。双方都心知肚明，但还是一个奉承一个接受。她一直很喜欢别人夸赞自己的牙齿漂亮，就像现在她很喜欢别人夸赞她没有皱纹的皮肤一样，违逆时间规律给她带来的幻觉比日常生活竟真实许多。她认为，裴医生一定也看出了她的烤瓷牙这么多年还能维持完好的状态，一定是日本技术。十年前，北京只有一个牙科诊所有这样的材料和技术，在别人口中那里是某某明星某某歌星去的地方，她从那里出来后，一种重获新生的得意彻底掩盖了磨牙的痛苦。烤瓷牙，就是把自己的牙齿磨小之后套上一层稀薄的白色假釉质，这层假釉质终身都在和自己的宿主较劲，让他们生冷不沾、硬脆不食。

她还知道，裴医生没有说出口的是现在有更好的牙科技术对牙齿进行完全美容，不需要磨牙来忍受这些终身痛苦，只需要加一点钱就能换取全口好牙。她看过那些新技术的广告，也没觉得太多遗憾，反而更喜欢自己被磨小的牙齿和那些覆盖在牙齿上面的假釉质。她原来的牙齿上有一层水泥一样的灰色，那是四环素牙，是小时候得急性肺炎落下的痕迹，对她来说，这些痕迹组成了她童年的北方小城：终年飘浮在空气里的灰蒙蒙的焦炭，混合着沥满泔水的油腻小道——深棕色的泔水散发着难闻的酸气，不知道为什么小道中间的泔水坑总是要深一些，所以她只能沿着道边挤蹭着两旁的小摊蹦跳过去，活像一只胆怯的兔子跳过黑夜的灌木丛。她的舞蹈老师不知道，对于这个要强的小罗来说，棕色的泔水总是和刷着一半绿漆的练功房联系在一起的，那是一条路上的两个坐标。

磨掉了灰色的牙齿，就是封存了在小城生活过的痕迹。她不希望带着痕迹生活，这里是她的北京，谁都不能动摇。老陈从来没有在身体上给过她什么真正的快乐，但老陈把她变成了北京人，让她能露出一口白灿灿的笑。原来抹去自己从哪里来是这么容易，只需要那么一点点伪装就可以了。

后来证明，裴医生把诊所运营得很好。只要从东四环那个巨大的广告牌下出去就能看到他们的美牙诊所——那个巨大广告牌上的漂亮姑娘终年不休地微笑，露出自己雪白的七颗牙齿，和他们的诊所建筑一样白。不知什么时候开始，人们更喜欢去单一颜色的空间而不是五颜六色的地方，单一颜色可能减少了人们的选择焦虑，或者单一颜色伪装出来的所谓"现代性"欺骗了所有人，让人们以为在那其中的任何东西都是可信的。裴医生的理念实用而狡黠：他把所有诊室用的漱口水和凝胶这些东西统统换成了水果味的；他要求每一个卫生间纤尘不染并且毫不吝啬卫生用品的牌子；他把等候室布置成客厅的样子，摆上了书架，还安置了进口咖啡机。这些小心机锦上添花。罗老师认为裴医生最厉害的一招是把这里的每个牙医都培养成了幼儿园阿姨。医生们说话就像是哄五岁小孩那样，轻声细语，还会用"我们"替代掉"我""你"：

"疼吗？"

"再忍耐一下，我们马上就结束。"

"很棒！疼一下就过去了。"

"马上我们就会有一口漂亮的牙齿的。"

罗老师最开始认为这招只对女人和孩子管用，后来发现这招抚慰的其实是男人们，中年男人和年轻男人。裴医生真有一套致命手段。罗老师沾沾自喜自己的眼光，但同时也在裴医生办公室的旁边装出了一间自己的办公室。和裴医生来找她时说好的一样，她不参与专业工作，也丝毫不必弄懂这个领域的事情。她用跳芭蕾一样朴素的付出法推演出一套投资逻辑，那就是只要她每天有规律地按时出现在这间诊所，不管她关上门是在看电视剧还是在招待各种朋友，都能威慑到旁边那个被自己投资的实际运营者。还有，她需要一个"自己人"在身边工作。一般来说，这种关系就像蜂群里的蜂后同时和几只雄蜂交配，不相许终身也不痴心妄想，第二天依然能像什么都没发生过一样辛勤去采蜜。罗老师做不到这样，她只能刻意雇用一些年轻的男秘书，一旦发生什么就马上解除工作关系，这手段还是太生涩了。这样想来，她还是挺佩服老陈的，老陈能做到的有些她的确做不到，而且怎么也学不会。

赵阿姨一进门就和她说院里出事儿了，他们前面那排房子道上围了一群人，救护车刚走，110也来了。赵阿姨还说地上有血，听说是有人掉下来了，还是个初中生。罗老师感觉自己的心脏空跳了那么一下。自从她搬来这里，就无数次梦到速为坠下一个漆黑的深渊，不是悬崖也不是建筑物，那里就像一个完整的深呼吸一样，深不见底。她总是看见速为不断往下坠，她想喊他却完全喊不出声——速为跟着深渊后面的一个婴儿一直下坠。她醒来后，穿透天花板一眼看到自己家被封实的房顶，庆幸当时在物业提供的选项里勾选了"封顶"。

罗老师瞥向楼上，这个点速为还没起床，或者起来了也装作没起来。她早已默默接受速为和自己的这种默契，那是劫后余生的默契——钟医生说越是亲人，越不要逼速为说话，会造成反效果，人和人之间其实没有必须要互掏心窝的规定。她盘算着出门后一定要给物业打个电话问问刚才到底是怎么回事。说实话，钟医生第一次和她说速为可以在家治疗的时候，她明显感到心上的石头被移走了，她的第一反应是：终于安全了。从怀上速为的第一天起，她就在担惊受怕——她害怕他没有预兆地突然消失；她害怕他体质虚弱长相畸形；她害怕他在学校被老师同学莫名其妙地围攻；她害怕他在芭蕾课上受伤……只是在想象中构思速为会遇到的种种危险，她就能一直想到自己变老，仿佛这世界是只无形的猛兽，而她的速为只有在她的怀里才是安全的。

钟医生是裴医生找来的专家，裴医生说他是国内专治自闭症的第一人。她相信裴医生介绍的人。在钟医生来之前，罗老师认为速为只是太累了，需要好好躲着睡几天，毕竟那是她和速为一起做出的决定：沉默并隐藏。可能钟医生的专业判断和她想的差不多，速为是累了，他需要把自己躲藏起来，像蚕茧一样把自己包裹起来好好睡睡，让自己停下成长的脚步。成长给他带来的只是危险。

罗老师在路上给物业打了电话。李问或者其他人不在的时候罗老师不自己开车，她对所有的意外都抱有由衷的恐慌，包括交通意外。她没有理会专车司机的眼神，把手机塞回手包里。她绝对在哪里见过那只猫，那只幽灵一样的蓝猫。物业说那个男孩为了追家里养的猫从阳台搭的花架上爬上了屋顶，那只猫跑得太快了，躲去了屋顶的另一侧，男孩不知怎么脚下踩空，就掉了下来。这个故事虽然荒诞，但足以是一个公开的秘密。反正不是自己家里的事，她干吗要去探究别人的秘密。她仿佛看到，那只蓝猫站在屋顶看着地上的男孩一言不发，只有金黄色的瞳孔一闪一闪。

# 5


李问告诉自己，要做个男子汉，要听母亲的话。


但生活是往前走的，姥爷在的时候总和他这么说。小时候他一直相信眼睛看到的东西，只有等待喂食的家养动物才会这样：他把一切的关系都看图识字一样用直线连起来，姥爷对应的是放在油乎乎的木色桌子上的好吃的红烧鱼；母亲对应的是他在长跑最后一百米快要窒息时释放的那口气；而父亲这一边对应的是空白和缺失。他确实对父亲没有记忆，无论在回忆里还是在感知里。是有那么几天，母亲把家门钥匙用一条草绿色的绳子拴起来挂在他脖子上，他一边踢着路上的石子一边往家走，家里煤气灶上塑料罩子下的饭菜永远是凉的，那时他才七岁，"去世"这个词对他来说只是描述了一个状态，就像说"在家"一样。他只记得自己不喜欢医院里的那股味道，消毒水掺着倦怠的腐臭，母亲坐在最里面一张白色病床旁始终沉默不语，她的手握成五边形的拳头，苍白冰冷。

不需要走向深处，生活是一个柔软的弹力球，来来回回就在那几种颜色、几个空间、几层时间之间跳来跳去，这些狭窄的层峦交叠里只有一个娃娃脸的男孩，小小的眼睛小小的鼻子小小的下巴小小的嘴，即使他长成一个高大强壮的成年人，也能看到那张和身子一点儿都不符合的娃娃脸。第四节课快结束了，一到中午，李问就要穿过那被太阳晒得冒出胶皮味的跑道去对面的初中部教学楼，母亲的办公室在第二层。

"他又去找老妈了"，他能听见同学的嘀嘀咕咕，带着讪笑的嘀嘀咕咕。这从来不是秘密，每天中午等待他的都是一样的不锈钢饭盒，外面永远是一个干净的印花布套，还有坐在他对面的女人，他小时候那么喜欢把她的眼镜摘下来又给她戴上，突然从某个时刻开始，他不再这么做了。没有任何预兆的一个时刻，他突然觉得这样的动作太过亲密，太过孩子气。他们面对面坐着，吃饭盒里的食物，就像不断重复的圣餐仪式，只有完成整个过程才不会乱套。他们一起吃饭的时候，母亲的办公室里只有他们俩，同事们都不在，他后来才听到现在早已记不清脸的那些人的声音从无到有："这母子俩怪可怜的，相依为命。"

他从不觉得自己有什么可怜的，他习惯了，他就像一个小作坊流水线上生产出来的人一样按部就班。他的上学路途只有十分钟，从附中教师家属楼到教室，走路就到了，为此他特别羡慕那些能骑车子来上学的同学，羡慕他们用各种好看的钥匙环穿着的车钥匙。他也羡慕那些中午出去觅食的小团伙，他们三三两两分摊饭费，围在一起嬉笑打闹。他没有什么朋友，整个学校对他和他母亲组成的独立王国放任不管，没人说什么没人管什么，也没人主动找他俩。他母亲早就昭告天下——"我儿子将来是有出息的，他要考出去，不会在这里浪费时间。"

"每一分钟都不能浪费"，母亲对时间的保护就像从小告诉他不要撒出碗里的米粒一样谨慎。她不喜欢大姑来看他们，她嫌大姑是小商人，是开小超市的，所以他也不敢和母亲说，其实大姑每次提来的盒装奶和各种五颜六色的零食都特别美味。后来他发现母亲不太喜欢别人给他们拿东西，她的肩膀微微耸起，像只防卫不速之客的狸猫："我们什么都不缺，谢谢。下次别拿了。"

他们生活的城市不大不小，据说这里有很多唐代留下来的东西，他都没怎么去看过。他的世界那么小，早被围得水泄不通。母亲有时带他坐上2路电车到这座城的西边去看姥爷，有几次赶上傍晚，他看到半落的太阳一片橙红色，把天空染得一点儿也不真实。姥爷家旁边有一个水库，他更小的时候偷偷跑去过几次，是姥爷家院子里别的孩子带他去的，他其实都不认识，他们过几天就会完全忘掉彼此的名字了。小孩从来不需要靠介绍来熟悉彼此，他们身上有某种原始天性，会真诚分享不能让大人知道的好地方和好玩儿的。他喜欢那个水库，凉飕飕的，给人感觉无限大，没有边缘。在热乎乎的红烧鱼味里，他汲着湿漉漉的裤边终于被母亲逮住，她让他伸出手掌狠狠地打了一下，"万一你出事怎么办！"他看到母亲的手又握成了五边形，她真的害怕。那是他第一次知道母亲除了怕他不好好学习、浪费时间之外害怕的第二件事，也是他第一次亲眼见识母亲的预感准得可怕——他再去姥爷家的时候，再没有孩子来找他了，那水库果真出了事，一个小男孩淹死在了水库里。有那么几天，他一直梦到被淹死的是自己——他浮在水上，身体像羽毛那么轻，又肿胀得像个气球，带他去水库的孩子们想回去叫人来帮忙，却又想不起来他的名字，也想不起来他姥爷住几号楼。他们和母亲擦身而过，母亲正在院子里一直喊他的名字，但除了她自己谁都听不到她说什么。他看见自己被水泡得臃肿的脸上挂着笑，一个捉迷藏的人躲在暗处偷看，带着那种卑鄙的笑。这次，"死亡"

这个词似乎比爸爸去世的时候离他更近了。

　　每次听到有人死了的消息时，李问就发觉自己更接近成年人一些。他的夜晚开始变得漫长，有几次他不停地翻来覆去，爬起来坐在床沿又躺下去。他总是想起白天在学校闻到的突如其来的洗发水香味，慢慢悠悠穿过柔软的黑色发丝，可他就是想不起来那些香味到底是谁的。他尽量不让自己发出太大的声音，他要让自己像被摁下的闹钟一样准时停下来，不然母亲会担心。他怕她的担心，他需要每时每刻向她展示自己是正常的，往前不断行进的，没有意外的。他面对她时能说的话越来越少，憋回肚子里的话越来越多。他还有小时候的冲动，想让母亲摸摸他的头，让自己蜷成一团藏进她怀里，但是他已经发誓要做一个男子汉了，现在母亲几次试图握他的手的时候，他都刻意避开了。他把全部的"孩子和母亲"都替换成了"男人和母亲"，这层吊诡的亲密关系，顿时让他打了个冷战。

　　夜晚变长，白天就变得短促。跑到三公里的时候，周围的一切连同空气一起被压缩进肺里，漆黑来得让人头晕目眩。他不得不一刻不停地把嘴噘成金鱼的形状不断吐气，忘掉四肢充血的极限。这是他一天之中最属于自己的时候，五公里的终点沉默而清晰，秒表分毫不差。他暂时忘掉了母亲，忘掉了不锈钢饭盒和看不到形状的目标。母亲对他参加校田径队最终还是妥协了，因为他和母亲说，体育特长生高考占便宜。他知道只要搬出这个理由，母亲多半是不会阻拦的，只要能考出去，母亲恨不得替他试尽所有方法。

可能所有的东西背诵多了，也能在自己身上诡异地生长并被同化。母亲总是付出极大的热情和他一起朗读背诵奥巴马，还有其他被出版商编成英语进阶必备书的名人演讲词：

Let it be told to the future world ... that in the depth of winter, when nothing but hope and virtue could survive.

让我们昭告未来的世界……在这个酷寒的冬季，万物一片萧肃，只有希望和美德坚忍不拔。

他背诵的句子里有数不清的"美德"、"希望"和"光明"，他跟着CD光盘将这些句子读出来，模仿那种故作聪明的发音，想象自己也穿着深色西服套装，站在星条旗下面对无条件被他恣惠的人们。母亲被这堆词语感染，也要求他跟着被感染。念着念着，冲动时不时会涌出，要他此时马上跑出去站在马路中间高喊："我们要更好的国家！"有那么一刹那，他理解了母亲对大姑的不屑——只有自私的老百姓才会去做安生的小买卖，她对他的期望远高于此。他应该站在万众瞩目的演讲台上，为了世界的美德进行光明正大的表演。

他逐渐开始分不清自己练习长跑究竟是为了曲线救国给高考加分，还是为了让早已精疲力竭的自己进入那种令人迷恋的短暂休克，或是为了摆脱终日被"美德"、"希望"和"光明"缠绕燃烧的回声。和他一个年级训练长跑的人只有吴水生，一个个子不高，比他还矮半头的黑皮肤男孩。水生嘴里戴着一副正畸牙套，铜墙铁壁似的，有时候说话还有些不利落。水生没在所谓的高中实验班，但比他早半年进田径队。他和水生一开始都不怎么说话，和田径队其他人一样，跑步就是在和自己的呼吸较劲，他们顾不上说话这档事。水生身上总有一股劲儿吸引着他，这个男孩在跑步的时候浑身透着放松，他羡慕这种放松，即使是他认为自己最能放松下来的长跑时刻，和水生比起来也紧绷得多。

"跑步不要那么严肃嘛，又不需要争什么。"

无论过多久，李问都能清晰地记得水生和他说的第一句话。水生一眼就看穿了他是一个时刻戒备的人。他也不知道自己在戒备什么，从他发觉自己生活的每一个毛孔都渗透了母亲期待的目光和无所不在的亲密的时候，他已经时刻戒备着。实验班的气氛也让他提心吊胆，他勤勤恳恳最终只能卡在班里三十多名的位置再也上不去了，他知道自己的资质也就这样了。但只要一转头，母亲的期望和没有说出来的哀求重复交织成荧绿色的二进制码抛向他，他的本能让他迅速识别出这些信号，不得不如逆水行舟一样扒着实验班的边缘确保自己不滚出去。进去了又出来，母亲会觉得脸上挂不住。实验班之外的其他地方对母亲来说，都是儿子前途的冷宫。

他和水生只在每天田径训练的那几个小时里见面，母亲肯定不高兴自己和实验班以外的人来往，他也没什么机会有另外的时间干别的事。母亲笃信教育系统分类，在母亲看来，实验班以外的人都是考不上好学校的。李问也从来没问过水生想去哪所大学，他也没和水生说过自己的目标，问了或者说了在他看来没任何区别，他不想这么做。他们更像是在行军途中互相搀扶的战友，而不是前途不定的高中生。他要有意识地把水生保护起来，不让母亲窥到。


下午六点半，李问应该在上最后一节晚自习吧，李老师走进城南菜市场的时候看了眼腕上的手表。手表钢链上有几道划痕，在落日余晖下斑驳地一闪一闪。这依波表还是李问他爸出差去深圳的时候买给她的，那时候也是大牌子，盒子里附着张质量保证书，白纸黑字保证终身维修。"现在走得还挺好。"李老师嘟囔了一句。比她更年轻的老师们早没有了戴表看时间的习惯，一个手机就够了，李老师还是习惯戴着这表，要仔细听才能听到的"嚓嚓"的指针声给她安全感。李问他爸就是那之后没多久查出来了肾衰竭，李老师是靠着这块表把自己的时间分割成了一块一块的，突然之间，所有人都需要她——躺在医院的丈夫、学校里刚上初中的学生，还有小李问。从那时候起，她看着医院病房里或哭天抢地或劫后余生的病人家属们，心里开始攒着一口气——她得带着李问长成个体面的人。

李问他爸去世以后，学校领导有过帮她再找个丈夫的打算，几次都被她搪塞了过去，后来再没人提起这事了，久而久之，大家也就默认了她和李问是一体，再多一个再少一个都不对。她也想过这个问题，但不敢深想，只要一想下去，她的手心就冒汗。她怕再嫁的人对李问不好，她怕李问责备她的眼神，她还怕藏在这些后面最深的那个只

70

有她自己才知道的理由——再嫁一个人，只能比李问他爸更平庸。她现在带着李问，如同在坚守人生最后一层体面，她不觉得自己没了丈夫就成了倒霉的女人，她还有李问，李问就是她此后所有的人生和梦想。当初和丈夫开玩笑说生个儿子跟谁姓都一样的话，成了终极隐喻，从任何意义上来说，李问都是她的儿子。

李老师坚定地相信，他们此时的一切生活都不值得注意和停留，这些只是她儿子长成鲲鹏远走之前必须蛰伏其间的微卵——这些同事，这个中学，他们的家，都小得可怜。她错失的生活，李问可不能再错过。她一直在这个数得清马路有几条的城市里，像蚯蚓一样一屈一伸爬行，终究也只是从这里的西面爬到了南面。她当年在市师范大学英语系读书的时候，跟着老教授读的可是勃朗宁和莎士比亚，结果到头来，她也只能在师大附中的小教室里带领学生一遍又一遍读李雷和韩梅梅，到头来她还是从小李变成了李老师。她刚开始还在寻找，哪怕只有一个学生，能给她一些暗示，暗示她曾经英语文学为她造出的那块乐土还

71

在，结果一年年过去，她也不找了。

她一直珍宝一样存着那些土黄色封皮的外国小说，前段时间她还想着拿出来给李问看，结果一翻开书，看到那页残缺的配图，才想起来那时也曾把自己想象成包法利夫人，在名不见经传的乡间小屋里，有那么几个年轻又时髦的情人。她曾把那张包法利夫人的侧脸像贴在自己单身宿舍的床头，想象自己也有那么一天，顶着波浪般好看的鬖发，在洋气的街道上喝咖啡。她当时想象咖啡是一种奶油味的饮料，就像她在外国文学里读到的，是一种陌生的、可以治愈一切的美妙灵药，直到李问他爸弄来了一袋雀巢速溶咖啡，她才知道这东西又烫又苦，但她还是告诉自己要是有机会每天喝这玩意儿，很快就能习惯。

怪就怪当时穿着泡泡纱连衣裙的自己相信了同校的化学老师，那个热情的老师说要给她介绍一个"特别好"的对象。她本来心里正琢磨着在职考研，考出这个一成不变的地方，考去大城市，考去美国。她没敢和周围的人说过她的这些个想法，她的父亲母亲和水厂小区那些长辈同辈谁敢听呢，那是天方夜谭。后来她就嫁给了这个化学老师的同事，两个人一起上班一起回家，时间就像被谁偷走了一样神不知鬼不觉地没有了，然后就有了李问。这个男人总在深夜让她过电一样相信此时就是幸福的，她在吱吱呀呀的床板声中将所有考研的材料都悄悄锁进了床头柜，那张包法利夫人的侧脸像也在搬家中再也找不到了，可能一直还留在那面墙上，被后来住进单身宿舍的年轻老师撕下来扔掉了吧。刚有了李问的那几年，她只记得自己在极度的手忙脚乱和兴奋中追赶时间，时间怎么都不够用，但怎么看又都是虚度。日子就这么过好像也不错，谁又能保证自己如果真出了这个小城，一切就会更好呢？

这个男人就这么突然走了。有段时间李老师抱着李问才能睡着，她和李问说是怕他想爸爸，其实心里挂念的是她自己。最开始，一切都变得无比寂寞，她慢慢地不再觉得自己是一个女人，现在她只能是一个母亲。她还是走着一样的路上班回家，教着每三年就重复循环一次的英语课，每一届学生碰到的难题都是一模一样的。她做饭的量

73

也没有变，李问越长越大，他正好能吃掉父亲的那一份。学校念在他们原来是双职工的情面上，每个月会多给她一些抚恤金，她不再给自己多花什么钱了，她把这些微薄的抚恤金变魔术一样一个月接一个月地存了起来，等到李问十八岁上大学的时候，就给他开个红彤彤的账户。李问他爸在的时候，她似乎从来没有这么强的冲动想李问快些成长，她听到自己心里有个阀门一点点在释放：她确信，嫁给李问他爸之前想冲出去的那种美好憧憬似乎又回来了。那些带着翻译腔建立起来的外国名字又开始鲜活地动了起来，自己再次通过某种陌生的力量获得了精神的富足和高贵——李问是她儿子，他注定要带着这份高贵迈出这里。

这么多年，她一直在一个套一个的方形集合中横向移动：从水厂小区到附中教师楼，从女儿到妻子到母亲。"成长"这件事情和她毫无关系，她的人生是被抽空的，她已经成了大街上匆匆走过的无数中年女人之一，她认了。她所有的荷尔蒙也蒸发干涸了，她的脸一天天干枯下去，每天早上起来都会有看不到的细纹不可阻挡地蔓延上来，她的身体早就没有弹性没有欲望了。她知道学生们怕她，他们给她起了个外号叫"凉粉"，因为她看起来僵硬死板又冰冷。他们在她走进教室的时候手忙脚乱地把所有零食、手机、漫画书藏进课桌抽屉里。她不生气，只有在乎才会生气，她早就不在乎这些了，每天的循环往复只是为了忍耐，积攒让自己孩子起飞的草料。她的心里一天更比一天鼓荡起满溢的激情，就快沸腾。

她小心翼翼躲在连接初中部和高中部的长廊窗户后面，目光快速扫过操场和高中教学楼前的空地。前天中午李问在办公室吃饭的时候，大学刚毕业的实习老师冲他笑了下，她看到李问脸红了。现在的年轻老师真是没有规矩，刚来实习就涂脂抹粉的，还穿紧身连衣裙，也不注意下自己的身份，李老师心里一向对年轻老师没什么好感。但李问的脸红让她一下子警醒，这孩子不是小毛孩了，一阵后怕蹿到她的心里：忘了！她期盼李问快些长大飞出这个没有未来的小城，但李问也慢慢成年了，他该经历那些了。她开始不由自主地躲在学校窗户后面，躲在李问关上的房

75

间门外，躲在李问经过的每一寸气息中，她用前所未有的旺盛精力辨认其中的一吸一呼，辨认每一个动作，辨认每一处气味，她要确定这些还都是属于他儿子一个人的，没有被任何对别的女性的渴望污染。朦胧中，她想象出一个看不见摸不到的假想敌——这小城里的女孩怎么能拖李问的后腿？！他的未来和幸福在更远的地方，不能让幼稚的生理冲动拖累他。她最害怕的是，只要李问停止生长，哪怕一天，她这一辈子也就终结在这里了。

很多话题在母子俩这儿是沉默的禁区。他们的对话往往这样开始这样结束：

"今天怎么样？"

"这次期末考试后十名要淘汰出去。"

"我听他们说郑老师弄了个尖子辅导班，咱们要不要也报上？"

"我多背背书就行了，他也就是再讲一遍课上说的，不用多花那个钱。"

"再听一遍也是好的，钱都有。要不咱就报上？"

"那还不如我用那个时间再背背英语。就靠英语往上提分了。"

但有时，李老师觉得自己真是个小人物，她对想象中的精神高贵完全无能为力，有时甚至一击即溃。李问小的时候她也设想过这孩子张嘴就能说一口漂亮的英语，琴棋书画样样都会，等这些完美投影靠近一些的时候，她就发现自己从没听过幻想中那真正漂亮的英语，而那些课外兴趣班都是敷衍了事，全国青少年围棋赛也好书法名家也罢，李问的老师们想都不敢想，他们这里最好的老师也就那些了。她哪怕再省吃俭用，再费尽心思，也总有一个她不用抬头都能看到的天花板挡在头上。他们家在这小院里还算有点名气，邻居街坊还能把她这个初中英语老师当个"知识分子"看，再出去一些，她什么都不是，就是一个小人物。开家长会的时候，她也暗暗观察过李问他们实验班里的第一名第二名——一个头大个子矮的女孩和一个头小身子长的男孩，他们家里也没什么一鸣惊人的背景，怎么就预定能进北大了呢？

终于到了高三，李问有天来找她说商量报考学校的事：

"我想过了，冲北大、人大肯定不现实，咱们就冲个一本院校好点的英语专业吧。我大学好好学，考研就考出去。"

李老师想，孩子大了，比她更会计划，也许大学才是李问真正腾飞的机会。只要能出去，先出去再说。

# 6

直到今天，李问只要一摸到自己的肚子还是会想起五花肉。他们田径队的老王是一个留着平头的大叔，总穿一身蓝色棉质运动服，衣服上面起了无数经年累月的棉球，到了冬天的时候，就再加件军绿色棉大衣，脖子上挂的金属哨子一直垂到鼓出来的啤酒肚上，像是身体的另一个器官，从没摘下来过。那哨子是老王行使所有权力的来源。听母亲说，老王年轻的时候是学校里最帅的男老师，省队退役下来的，小姑娘们都喜欢他，后来娶了师院艺术系教古筝的老师，结果没几年老婆和一个做生意的跑了，他就一直晃到现在，没再婚也没孩子。其实老王现在也没多大岁数，但是看起来整个人都是蔫的，完全生锈了。夏天能看到他腿上的肌肉线条还在，但胀得鼓鼓的肚子让他看起来有点滑稽。田径队的人都叫他老王。老王训练上严格，但从来不对他们发火。每天训练时间一结束，他们甩着满身汗臭往教室走的时候，偶尔回头看，老王还站在那里。他又孤独了——这句话从李问脑子里冒出来的时候，他自己都有些吃惊。他从来没和其他同学说起过老王，知道了老王的故事之后他总觉得有些愧疚，再看老王，只能看到这个男人除了被感情伤害之外一无所有，那些过去笼罩在老王身上，把他遮得密不透风，黑洞洞一片。

老王有时和队里的队员们搭搭肩膀，像哥们儿一样。但他从来不对李问和水生这么做，他经常对他们点头，但从来不搭他们的肩膀。一开始李问以为可能因为自己是后加入的，得更努力才能得到老王的青睐，他生来身体素质好，肌肉硬邦邦的，但是真训练起来，俯卧撑还是做得他想吐。运动和学习一模一样，都是在不停地重复机械动作，不一样的是身体的训练能给他带来自由，而学习似乎总也见不到头。老王总说不做俯卧撑的话肌肉就是软塌塌的，是案板上的五花肉，一剁就碎，只有练成腱子肉才能带筋带骨。老王平翘舌不分的口音像是刻了李问身体里，他有时在梦里还能见到自己又黏又腻浑身都是五花肉，一到晚上他就撩开上衣仔细摸自己的肚子，生怕曾经练出来的腱子肉一夜失踪。

　　在学校的所有老师里，他对老王记忆最深，这个体育老师身上有种向下沉的韧劲。别人都在模子一样的生活样板里不敢逾矩，老王却似乎一直在用失败反抗生活的惯性。母亲觉得老王不求上进，他却觉得老王是个反派英雄。田径队里只有他和水生是把体育当特长练的，其他人都是奔体院去的。老王对他们倒是一视同仁，该练的该教的没有丝毫差别，但他们和老王就像是有个谁也道不明的隔阂挡在中间，规定动作一完成，就无法更进一步了。老王和他们止步于此。他后来明白了，老王从没把他们当作真正的运动员，这条分界线让他们隔岸相望，谁都没法把对方拽到自己那一边来。也许老王的心里还真看不上他们，老王有次嘟囔道"目的性太强"，他觉得老王说的就是他。确实，老王说的什么"体育是最公平的竞技"这些话他没太在乎，他甚至也没太在乎"体育"这个概念，对他来说，跑步只是为数不多的完全由他自己掌握的私人技能而已。

他有两层生活：一层是圆形封闭的，里面憋着所有从A点到B点的循环往复，一圈圈向母亲为他标记的目标转动，经常让他头晕眼花，却让他觉得心安理得；另一层是开放的，似乎就在第一层之外，没有任何标记物和定点，他有时从里向外企图测量出两层之间的间距，却什么也测不出，什么也看不到。

北方的六七月肆意妄为地热，没有什么遮蔽物，太阳直接晒在胶皮跑道上。李问感到撑在地上的手已经滚烫，汗珠一颗颗从头上滴下来，在深绿色的跑道上洇开，然后迅速蒸发。他最受不了燥热的天气，空气里持续升腾的热度让他心烦意乱。他庆幸体育专项考试设在不热的月份里，就像老王说的，他把比赛和考核就当成看自己能跑多快的小测试。一旦跑起来，没有人注视他，没有人催促他，没有人期望他，所有的一切，连空气，都是向后移的，他把整个世界都甩在了身后，只有双脚和双手在不断对抗气流中的阻力，他就是主宰一切的英雄。他跑得不错。

李问是个容易紧张的人，同学们都以为他不爱说话，其实大多数时候他不过是因为自己对自己别扭才选择了沉默。他知道在这个围墙里他不能违反一丝规矩，他有时暗自希望班里的同学故意来招惹他，好给他个理由放肆闹一场、打一场；他不能这么做，总有老师下一秒就会告诉母亲，给他判上"不懂事"的罪行。事实上，也没有同学来招惹他，他们觉得李问是个既努力又无聊的人。他已经许下承诺要做一个男子汉。母亲微皱的眉头和紧攥的拳头让他内疚不已，母亲的衰老让他苛责自己加在母亲身上的重量，以及岁月本身的重量。他好久没有握过母亲的手了，在记忆里，那双手明明又柔软又暖和。

现在他已经用奔跑拿到了筹码，只剩最后一关就能让母亲如愿以偿了。这几天他总是拿出跑步用的秒表计时，一会儿按开始一会儿又按下停止，有时候几秒钟有时候几分钟，他不知道自己在计算什么时间，只是越到这个时候，一种巨大的不知所措就越向他扑过来。

水生的谜底在上蹿着胶皮味的热气中揭晓。他们一起迎着太阳的反光跑去，跑道上汗水留下的印子形成一串微小的珠链，温度再高一些，这些珠子就将全部消失，不留痕迹。李问记起第一天训练，水生留下来帮他卡时间，水生问他："你知道长跑和短跑的区别吗？"

他没想过这个问题，也没想过真正要卡时间跑的话两脚竟然又重又沉，他摇摇头，也很想知道两者的区别。

水生说："能真正适应长跑的只有有汗腺的动物，因为要排热。有的跑得飞快的动物只能短跑，因为它们没有汗腺能支持长距离奔跑。我们跑得不快，但却是最适合长跑的动物。"

李问看着地上自己留下的汗迹，这些马上就将消失不见的液体凝结了所有身为人才能拥有的强大汗腺系统所排出的能量，不知道这是稀有还是浪费，他抬头深吸了一口气。比起田径队的其他人，他和水生都不算个子高身体壮的，用老王的话说，他俩跟腱短。所以每次跑完，他和水生就面对面坐下来，互相用脚抵住对方抻筋，最开始他只能拽住水生的手腕，后来他们能互相抱住对方的腰，老王说多拉伸一点儿至少能赶上别人本来有的。对他来说，这足够用了。而且，他和水生互相拉伸对方跟腱的那个时刻就是他们俩特有的对话时刻，有时候老王在旁边，他们就用眼神交流；有时候水生就趁这时约他放学校门口见，他俩就又回到操场上，用水生的随身听听他带来的乐队CD。两个人身上蒸发出少年特有的青草汗味，湿润得恰到好处。

该考的该过的都结束之后，这两个田径队的"非运动员"半弯下上身，手扶着膝盖大口喘气：

"还有十天。你都准备好了没？"

"我……我不参加高考。"

李问把呼吸憋了回去，涨得脸通红："你不高考？"

水生"嗯"了一声，没看他，声音低得像做错了什么，本来就不清楚的语调在牙套里被憋得更加模糊了。

"你……不考大学？"李问盯着眼前这个一脸青春痘的男孩。他只知道水生不在实验班，就算不在实验班，拿着二级运动员的体育特长最起码也能上二本吧。他突然有种预感，就像小时候在姥爷家吃饺子，吃到里面包了硬币的那个饺子一样，只有咬下去的那一刻才真相大白，不小心的话还会硌到牙。

"我不考这里的大学，"水生说话声越来越低，每个字故意粘连在一起，想要掩盖某种提前获救的真相，但听起来却比任何时候都掷地有声，"我去美国上学。"

李问僵直着，忍住不让自己颤抖，虽然颤抖可以掩盖他强烈的羡慕。他想说很多话，又一句都说不出来。他的脸通红，过了好久才说："你怎么不早告诉我？"其实他想起的是之前他和水生说自己的志愿一定要填英语系，将来去美国。他以为是自己面对水生小心翼翼，现在才知道是水生面对他需要小心翼翼。

"我爸爸安排好了，他已经过去工作了。"水生试图解释这不是他的安排，而是家人的安排。

"你怎么不早告诉我！"李问一直重复这句话。多年之后，他再想起那时的胶皮跑道，看到的是一个可怜的男孩：那男孩为了带母亲远走高飞一直奔跑，跑到尽头才发现自己沉默的伙伴早就离开了这条窄窄的赛道；母亲的期望铸铁一般凿在他身上，他一直以为自己一步步向前走就能成为一个男子汉，抬起头却发现别人的父母早已给他们的孩子插上了羽毛一样轻盈的翅膀。"这母子俩怪可怜的"——他第一次不想做这么个可怜人。

他想象自己背起母亲：他们的城市被裹在透明蛋壳里，他背着母亲跑呀跑，却找不到破城而出的分界线；母亲的身体越来越重，她的双手和双腿不断从他身上滑下来，他只能一面放慢速度，一面将母亲的身子推回背上，终于看见蛋壳的一处裂缝时，母亲变得很重很重，他不得不把她放下来，几乎是拖拉着她往裂缝处走去；离那道缝只有一拳距离了，裂缝却开始闭合越来越窄，母亲已经比他还重，现实的绝境和生存的本能让他陷入泥潭。

所有声音都收回去了，他一言不发，死死看着水生，像是要把自己的灵魂交换给对面那个脸上长满粉色青春痘的身体。


十天后，李问像自己预期的那样一败涂地。他的大脑在这十天里高速运转，一刻不停，正是一个儿童一夜之间长成了大人。他在自己耳朵里疯狂重复着"一切已静止"，那是水生给他听过的一个北京乐队的歌，唱歌的人据说和他们一样大，带着好听的北京腔调，仿佛对一切都无所谓。那扇成年之门一打开，他就像偷偷使用了游戏修改器的战士，顷刻之间吞下几十万经验值，只能站在原地等待自己样貌的极速成长，他糊涂了，不知道自己要变得更威武还是更谦卑。同时，他一点儿也不混乱，反而感到前所未有地清醒，记忆时不时冲出来走马灯一样混入考题里，他不用看就知道，母亲一定站在离考场封闭区最近的地方等他，可能还穿着她那件铁灰一般的石青色短袖涤纶衬衫。如果他用这小小的手段反抗母亲的愿望，他今后的生活是不是就真的属于自己了？如果他侥幸挤出了那道裂缝，蛋壳之外是否就是母亲应许的那片希望之地？

那个夏天，他们几乎一言不发。高考一结束，母亲就带他去吃了建军广场中央的麦当劳，他点了一百多块钱的套餐，还点了大杯的冰可乐。母亲只咬了一口白纸里的麦香鱼："我是不知道这玩意儿好吃在哪儿，又软又没味道，不如回家包饺子。"是呀，自己这代人多悲哀，一场大仗之后最惦记的食物只有垃圾食品。他一个接一个把汉堡往嘴里塞，八年，还不到十年以前，这玩意儿第一次出现在他们城市的时候，广场上铺满了他这么高的孩子：他们牵着父母的手一蹦一跳，世界除了汉堡包的香味别无其他。那天是他对父亲记忆最深的一天，爸爸穿着藏蓝色的T恤和他们一起排队，他眯着眼睛，举着手里的报纸给小小的他遮挡阳光，母亲那天要的也是麦香鱼，她说真好吃。

他心里知道他的最终结局可能是服从调配到她毕业的

师范学校读书，也许几年后，他接替她的位置继续给学生们念循环重复的英语课文，娶一个同事，留在这里筑巢安窝。他要用最致命的后退报复母亲对他的期望。

成绩下来的时候，母亲没有骂他没有打他，她在厨房的椅子上坐得笔直，像一个长满年轮的木头人。无法应对的空白往往出现在，而且只出现在结果不在预期的选项里，这个结果李老师不是没想过，而是一开始就排除在外，排除的原因是不接受。李问背在身后的手紧紧抓着隔开厨房和客厅区域的金属门框，手上硌出了一道红印，他不觉得疼，他在适应一种新的方式：他不再像从前那样担惊受怕等待责罚，他知道责罚过后等待他的是母亲的害怕和不安，他要无数次唤醒母亲的期待才能持续安抚这种不安。屋子里的日光灯苍白笔直，坐着的母亲开始紧缩成一团，站着的儿子略弓着腰，像朵巨大的食人花一样覆盖在她身上。有股奇妙的快感从脚底直涌进李问的末梢神经，另一个声音腾入他脑海："你要留在这里了，你一无所有了，她完了，你也完了。"接着是巨大的恐惧，一动不动的母亲仿佛突然化成蒸气，看不见摸不到，穿过她身体的只有漫无边际的空虚。李问看到小时候的自己在停电的一片漆黑中缩成一团，母亲来了，她轻轻抱住他，点亮了手里的蜡烛，蜡烛照出的光亮只够罩住他们两个人。这次换他了，他要走过去告诉母亲，他可以申请服从调剂，他没有什么不情愿的，他还有二级运动员的证明，肯定行得通。

"对，运动员……肯定行得通……一定有办法……"母亲突然抬起头来，李问怔了一下，他看到母亲的眼睛瞬间变得闪亮，是落水的人看到黑暗中伸来支船桨一样的闪亮，"我赶紧问清楚调剂志愿是什么意思，肯定还有办法。"

在李问的成长记忆里，他从来不认识姚主任也不记得这个名字。母亲一定是想好了要做件大事。他看到她脸上有种激动难耐又大义凛然的神情，那是他从来没见过的；他看到她把蒸好的白菜粉丝馅包子塞进了一个不锈钢饭盒，把他和她的衣服叠进很多年没用的一个黑色帆布面行李包里，行李包最下面那层衣服中夹着一个厚厚的牛皮信封，她把行李箱盖上又拉开，反复了几次，最终把那个牛皮信封塞进她随身带的黑皮单肩包里。当天晚上，他们一起坐上了开往 M 城的火车。硬卧车厢里，他睡下铺，母亲抱着她的黑皮单肩包在中铺。车厢里一直混合着让人犯晕的汗臭味和泡面味，他不想吃母亲带的包子，剥了个橘子他俩一人一半，试图让橘子的香气掩盖住车厢里的混合气味。母亲一直试图给他递不锈钢饭盒和包子，他重复着"不饿不饿"，感觉整个车厢的人都在看他，他既不想拒绝母亲，又不想让自己看起来是个接受母亲哺喂的婴儿。"不饿不饿"，不知道从哪儿来的劲，他一下子把饭盒盖和包子都打翻在地上。"脏了就不要了，"母亲捡起饭盒盖和包子吹了吹，把包子放在餐桌上，想了想，又从包里找出一卷卫生纸撕了一截盖在包子上，然后把卫生纸递给李问，"上厕所的时候用。"

李问把纸也放在了餐桌上，就在那被判了处决的包子旁边。母亲说他们要去见 M 城大学的姚主任，睡一晚上早上就到了，好好睡，明天是大事。那晚他没有睡着，一直看着斜对面上铺的一个女生，她时隐时现的脸就像裸露出来的那节白色骨骼那么脆，她戴着黑色的耳机。他不知道她耳机里放着什么音乐，但他想那音乐一定组成了她的全部世界。火车行走的声音充斥他所有的听觉，他此时能想起来的却只有曾经背诵过的那些总统就职演说，我们模仿起拯救世界的语调时是那么超然，超然得就像整个世界与我们无关。

　　他们回来的时候坐的也是夜间火车，这次他斜对面的上铺是空的。他和母亲去见了姚主任，这一段回忆是打了消音的幻灯片，一张张投影在空气里，组成了他永远不可能再回头的结果：母亲和姚主任早就达成了某种协议，某个恰好的时刻，他看到母亲把包里的牛皮信封转移到姚主任手里，他判断不出来那个信封厚度所代表的具体数字，可能是 X、Y、Z 里的任何一项数值，他解不出来。他没能帮上母亲什么忙，甚至不知道这个姚主任是怎么从天而降的，是来解决他的困境还是继续将他锁在无解的公式里？在 M 城饭店包间里，他既无用又多余地坐在那里，仿佛在观看一场和他无关的电影，他和桌上的菜一样都是摆设。

姚主任看上去是个信得过的人，至少姚主任没有长吁短叹"你们年轻人""你们小孩"，这让他对自己有了新的认知，似乎前方有一场成年仪式在等着他。他猛地想到水生，这时候他应该在美国了吧。

那天晚上回到快捷酒店——这种酒店的房间有一股潮湿的腥臭，他几乎没脱衣服就迅速钻进了还残留有别的房客头皮味的被子里，他把头转向靠墙的一侧，这样就能回避旁边那张床上母亲的视线。他好像看到母亲的内衣叠放在她那侧的床头柜上，这让他不知所措，全身僵硬。没有了门和墙的阻隔，透明让他浑身刺痒，他发现自己已无法和母亲同处一室。他厌恶自己瞄向那团浅色胸罩时不可抑制的可恶的男性想法，也厌恶他们之间所维持的沉默。他的青春期压抑短促，从一个无知的清晨开始，到被子里湿漉漉的宣泄结束，整个过程不到五分钟，他甚至不知道自己的大脑里想象的是谁，只知道从那天开始，母亲在隔壁房间开始像草原上的一只母豹子一样潜伏在黑暗中，竖着耳朵倾听猎物可能发出的任何声响。有一次趁母亲不在，他溜进母亲的卧室，打开床头木色的小柜子，仿佛那里就是奇妙世界的大门。他能感到自己的心跳越来越快，也越来越怕母亲突然出现在身后：柜子的深处有两本红色存折，存折上面有一本黑色的《圣经》，他不知道这本书出现在这里的确切意义，他也几乎顾不上在意存折里有多少钱，他接下来摸到的那个铝制小袋吸引了他所有的注意力——他手里的铝制小袋似乎变得滚烫，就要燃烧起来，烧掉这里。直到几年后他第一次和郑小微上床，还是小微撕开了那铝制小袋，他才知道他的世界不会因此燃烧。

他能记起来的母亲说过的话变得越来越少，有很多话没等他理解过来就已经滑走了。那年夏天过后，他得以以体育生的身份去 M 城大学报到，母亲说姚主任答应等到大二或大三的时候想办法把他转到英语系去。他开始变得无比顺从，原来透明蛋壳之外是另一层透明蛋壳。他顺从地吃下母亲做的一日三餐，顺从地陪她出去散步，顺从地站在她身边听她和别人说他考上了一本——M 大的英语系。他们绝口不提姚主任或是那被转移无踪的牛皮信封，他和母亲有生以来第一次充满默契。他顺从得连自己都感到有些糊涂，他分不清这顺从是为了报答母亲又为他找到了逾越现有状态的另一条路，还是为了默认那无论怎样都跨越不过去的终点。

# 7

"宇宙飞船。"

李老师诧异自己说出了这么一个词。她现在一年四季脖子里都得系条围巾，怕冷，颈椎问题到了四十岁以后越来越严重，从生理曲度变直到压迫神经。能不去医院就不去医院，对她来说那里是一个审判之地而不是治愈之所：她在白色的房间里见证过人的身体下垂冷掉，眼睛紧闭不再睁开。虽然那终点是我们终将到达的，但在那一刻她突然看到自己不再向前，每过一年就往回走一岁，一直往前走到尽头也是退回原点，终将在最后一日变回婴儿。从教学楼长方形的玻璃窗看出去，太阳显得特别小，比她年轻时在水库边上看到的还小。胶皮跑道上又迎来了新一拨的学生，老王还穿着那件起球的蓝色运动衫。她摸摸自己的围巾，依旧滑溜的触感让她透出仅剩一口气的骄傲：真丝不起球，尤其是十年前的杭州真丝。她知道这几年学生在背后议论老师越来越多，说她衣服打扮过时。这些学生不再冒着被发现的危险在课桌之间传递纸条，他们在手机上建起各种虚拟的群，肆无忌惮地对一切发表评论。她越来越不了解这些十三四岁的孩子了，也越来越不了解办公室新来的年轻老师们——他们衣服换得勤，但她总觉得网上买的衣服像纸糊的一样穿不了多久。每年从这里毕业的学生大多数走了就不再回来了，李问在的时候她只带初中班，今后可以试着带带高中，也许就不觉得时间走得慢了。她之前确实没有注意到，教学楼的两侧被长长的过道连接，在胶皮操场上正好投下一个宇宙飞船一样的影子。

李问在的时候很多事情她不觉得或者没察觉，李问去M城之后，记忆和想象翻滚混杂在一起，她时常看到婴儿时候的李问，也偶尔看到三十岁的李问。对她来说，李问就是李问，她从没想过她的儿子是这么多人中的一个，和她带的学生一样从进校到毕业，从青春期到成人，从宇宙飞船一样的校园到她再无法帮他握住的新世界。她用海洋香味的消毒液将李问的房间擦了一遍，她早忘了海洋到底是什么味道，但是擦完后这浓缩香精味让她头晕，还是年龄大了。她心里装着某种秘密雷达，想要从李问的枕头下面、书桌的一个角落，或是架子上的一个空隙找到她也不知道叫什么的洞穴。她在学生那里看过那些东西：藏起来的书，匆忙合上盖子的手机，脸红的女生和塞进桌斗里的纸条。她几乎什么都没找到，只有几本《灌篮高手》的漫画，和几张封面梳着棕色鬈发的女歌手的CD，她想，李问不是那种孩子。这房间一空下来，才标示出一个马上就要成年的男孩的轨迹，李老师在那海洋香精气味里晕乎乎地坐了一个下午，试图重新找回生活的平衡。她走回厨房，煮了一个鸡蛋，等水开始沸腾的时候拿出手机，给李问发了条信息："今天都好吧？"

信息发送出去后，她意识到自己不是真的想问李问今天好不好，她只想知道独自生活对李问意味着什么。一方面，她从地下世界般的搜索网络里挖出了姚主任，这是人的本能，在所有注意力都集中于如何抓住一闪即逝的未来图景时，直觉总会蹦出来赐予人们一个奇迹：她给姚主任拨电话的时候从没想过这台座机会有人接听，也没想过最后几天来医院看李问她爸的人当中有这么一位的电话号码是为这时准备的，李问只要能进 M 城大学的英语系，他就能和他们都不一样；另一方面，她送李问上火车的那一刻泰然自若得要命，无论如何她都坚持要帮李问提那只厚重的黑箱子，这是她作为母亲的本能，不管李问是不是早就长得比她高了一头。火车开动了，就像一系列事件中最开头的部分，她一个人站在空白的站台怅然若失了好久，她给李问存的大红折子里只剩五万块钱了，是她所能尽的最后力量。她期待最后这一发子弹能将李问送入一个美好的新生活，她埋怨自己再没有力量能积攒出给李问去美国的钱，有时候她也会问自己这个目标对于他们母子俩来说是不是太好高骛远，再不行就把房子卖了，到最后总能有点用吧。她像一只陷在迷幻香气里的蜜蜂，背着自己的孩子向不知名的花丛飞去，用这里的一切换取一个她理想中的天堂；她又像一个战士抱着必胜必死的决心走出火车站，看，这小城到处游逛着没有理想没有憧憬的人，他们都长着同一张铁灰色的脸和同一双下一秒就瞌睡迷瞪的眼睛，她又开始无比兴奋，心怦怦跳着——李问，终于逃出了这个令人窒息的、被沙尘掩埋的城市。

　　李问第二次直接吐在十二层的公共厕所。学校的公共厕所嵌着密密麻麻的小块浅肉色瓷片，每次训练完他都头晕目眩，这已经是心脏能承受的极限了。很快，他已经能像身边那些真正的体育生一样把手腕贴在脸上迅速估计出每分钟的心跳，无论心跳多快，这里的声音只告诉你继续，努力，下次更快。他同意老王说的，他确实不懂体育，也不知运动精神为何物。从前他反抗，老王的距离感让他觉得自己拿体育当筹码是一件挺功利的事，他怕别人觉得自己功利，觉得自己太有目的性。是因为母亲永远挡在他前面，他必须往后退才能让出一个让母亲向前的张力。他坐上火车的那天，明明发誓不让母亲再帮他拎任何重物，却只能任她拖着行李箱无能为力——总有一天，这无能为力要杀了我——这句话一直粘连在他脑子里，连同粘连在他身上的母亲的好意。这好意让他瘫痪，几乎动弹不得：不要，愧疚会折磨他；要，这窒息会溺死他。

和中学时完全不同，M 城大学的每一次长跑都是赌上多巴胺的胜负之分。他身边的每一个人都把自己当作运动员，他们也确实是真正的运动员，只有十个女生，其他二十个都是男生。他们有运动员那种特有的姿态和走路方式：背微弓呈现被侵略的攻击架势，双手插在兜里，走路上下弹跳，冷漠又满不在乎，装模作样又毫无畏惧。他后来才知道，体力和兴奋能带给一个人的最大幻觉就是以为自己能击败全世界。从第一天开始，他就注定是整个班的最后一名，他的成绩几乎和班里的女生差不多。这儿真的是一个田径世界，他却不得不寄居于此。他从来没有如此渴望母亲说的大二大三的"转机"，体育世界不适合他。每周两次的英语公开课成了他的福音，他第一次品尝到英语的美妙和它所带来的救赎的力量，几近幻觉。

　　教英语的是一个戴眼镜的年轻男老师，据说是刚毕业的博士生，看上去拘谨圆滑。已经没什么老师愿意和学生作对了，二者的关系现在好像有了翻天覆地的变化，大学不再是成人世界的最后一间忏悔室，学生依靠年轻力量的团结完全占据了上风。李问仅有的美好时光已经开始瓦解：一个月过后，英语课堂上已嘈杂不堪，有一半的座位都是空的，每次随堂考试英语书明目张胆地在桌子底下传来传去。李问总是早十分钟来教室，教室空无一人，没有例外，反正只有他会去抢第一排中间的座位，他眼睛盯着黑板，整个教室一个人都没有。有天李问还是早早坐在了第一排，年轻男老师也来了，他瞥到李问，一边启动讲台上的投影仪一边问他：

"喜欢英语？"

"嗯。"

"讲的都能听懂吧？"

"都能听懂。"

"你们班基础差，能及格就很好了。"

李问向左转头，看到两三个运动员陆续进了教室，他们说着自己听不懂的南方话，声音很粗。运动员走路的时候身边的空气卷起一种味道，不再是青草一样的味道，闻起来像铁锈。他想，老师把我也当成他们中的一员了，把我也放在体育生的标准里了。体育生的标准，意味着英语只要能及格就好，这门语言对他们的训练无效，对竞技极限无效，对燃烧的荷尔蒙无效。突然，一种秘密的扬扬自得让李问挺了挺腰，反正再过一两年他就解放了。那天下课后，他故意留了下来，蹭到年轻老师那里说：

"老师，我想学好英语。"

男老师头也没抬把手机放进他带来的帆布兜里："平常多看多读，多练练。"

显而易见的敷衍。一种混乱的情绪顿时堵塞了李问的神经，他分辨出来这是某种恨意，他终于找到了一种恰当的情绪应对所有的体育生——都是因为这些人，英语课的进度缓慢地失去了标准，老师不会因为他一个人的努力就改变对整个班的教学计划，个人的快或慢就像一颗小石子一样隐没在集体进度中，连水花都没看到。那一刻，李问打起了去英语系旁听的主意，也搞懂了为什么这个年轻老师总是自顾自地一连串讲下来，哪怕班里一半的人不在，哪怕另一半的人趴在桌上睡觉：体育生不需要英语成绩，学校只需要给他们配备一个能敷衍完成任务的人就行了。第一年的夏天很快就来了，无遮无挡的燥热让他心烦意乱，他厌烦每日的训练，厌烦身边密不透风的铁锈味，厌烦四个人的宿舍。虽然每次他都告诉自己宿舍只是睡觉的地方，爬上去躺上床眼睛一闭，他没有义务和他们说话。他在网上给自己弄了一套眼罩和耳塞，却仍然能感觉到每次他从图书馆回来的时候其他三个人别扭的短暂静止和瞬间再次爆发的喧哗。他进入一个极度漫长的备考状态——他游荡在图书馆和食堂，努力维持熄灯前三十分钟回宿舍的状态，保持独行者的闭塞和沉默，他和同班体育生的活动路径几乎没有什么交叉，他就像个影子一样忙碌而规律，没有人知道他究竟在干什么，想什么。

第一天来宿舍的时候，他的火车到得很早。上次和母亲并没进到 M 大学校里面来，他已经记不清他们上次住过的快捷酒店是在 M 城的哪个方向。M 大校园面积很大，比附中和家属院加起来都大，为了迎接新生，一条巨大的红色条幅挂在校门口——"迎向光明的未来"。

李问对大学生活没什么太多的想象，他一直认为是自己脑子里储存的想象资料太少的原因。他几乎没有主动探求好奇和挖掘未知的渴望，七岁过后他就已经衰老。他找到粘着自己名牌的床位，在宿舍的最里面，阳光正好笔直地照在床下的白色书桌上，不锈钢的手感又凉又冰。他笨手笨脚地试图将床单的四角压实，却把被单床单搅在了一起，他无比强烈地想到母亲，希望她此时出现帮他整理好一切。是有一些想她了。

琛哥是和他说话的第一个室友，有经验的人瞟一眼就知道他应该有二十岁了。李问只觉得这个人和自己以往见过的人都不一样：大概比自己再高半头，身上特别结实，透着一股燥热的气息，但他的眼睛却很暗淡，是那种由内而外不在乎生活奔头的暗淡。他说一口北京话，让李问想起来那个唱"一切已静止"的北京乐队，他们说话都是往上升的，更显得满不在乎。"我应该比你们都大，叫我琛哥。"琛哥说话时嘴里的口气混着些烟味，和他淡黄的手指尖一样让人想起在太阳底下晒得太久而发黄的纸。

"我叫李问，大一新生。"后来李问知道了琛哥是练自由搏击的，还在几个拳赛上拿过第三名，晚了几年才上的大学。琛哥身上的毛孔都是打开的，他是那种见识过社会的人，其实整个体育生群体都有那种劲儿，尽管他们来自天南地北。就是那种劲儿，李问从来没拥有过，他那时也分不清，究竟是被琛哥往上升的语调迷住了，还是被他那股体育生的劲儿治住了。反正最开始他跟着去了——琛哥带他和宿舍其他两个人跑到学校后面吃火锅，据说这火锅店屹立不倒好多年就是专靠大学生们养活的，一直在布满梧桐树的小路最左边。琛哥说，这火锅只有放了罂粟壳才好吃，不然没有那种作死的味道。李问特意又抽了抽鼻子，他也分不清罂粟壳究竟该是什么味，只能闻到这呛鼻的烟气里似乎是有些甜，还很麻。

记忆是条河还是一堆碎片？李问理不清楚，他能想起的总是一个个片段，或者虚构的味道。比如，他忘了宿舍其他两个人的名字，他们的名字对于现在这个故事的叙述并不重要。他只记得那时琛哥打开了他的毛孔，放了罂粟壳的牛油火锅真他妈好吃。他看琛哥和其他两个人划酒拳，三个人操着不同的口音，他觉得新鲜，感到自己一下子被放在一个叫世界的大气球的最中心，他找到了成年的气息。他记得那次琛哥头扭过来半眯缝着眼睛问他有没有恋爱经验，他的脸"唰"地红了，他确实从来没恋爱过，除了惊慌中那短暂的几次春梦外，他连恋爱的感觉都摹画不出来，就像他从来没看清楚梦里面那个女孩的脸。每次只要想到无论发生什么不管过多久，自己睡过的床单和被子一定会在母亲手上经历一层层检视和清洁，他就开始怀疑自己的污秽和肮脏，它们总是隐隐地和成长钩挂在一起，散发着禁忌而诱人的气味。但这次他记住了，琛哥说他搞过运动员，还有舞蹈学院的女生，他说谈恋爱就像狮子不停寻找猎物，在最后一刻出击，才能力竭又不留余地让自己爽一下。

李问觉得他的生活从来没像现在这样充斥着强烈的男性荷尔蒙，他的嗅觉已经开始不太适应周遭，免疫系统不断释放警告。那两个人很快跟着琛哥学会了抽烟，他们互相点火的时候正好组成一个封闭环形，火光在他们围成的圈里一闪一烁，李问是环形外多余的那一点。

他真正的不适始于英语教室的最后一排。上学对他来说一直是一件单枪匹马的事情，从家属院小区到附中教学楼，整个路程不超过十分钟，也不需要和谁结伴而行。第一次和琛哥他们走在 M 城大学石灰色的地面时，响起了风一样零碎的丁零声——从校园广播里放出来的，广播里介绍说这是梅西安的《时间终结四重奏》——梅西安？李问从来没听过这个名字，听起来和踢足球的梅西名字一样，但这声音真奇妙，破碎又生生不息。

琛哥推了一下他的胳膊肘："那谁，咱们上半节就溜，听说他今天课前点名。"

琛哥的英语一塌糊涂，他说肢体语言比英语有用得多。丁零丁零的音乐时强时弱，让李问忘记了自己本来想好的回答，"时间终结"是个好名字，这样的话，每个人就能毫无理由地停滞不前，既不需要顾及别人的生活，也不需要顾及自己的生活。他也问过琛哥为何喜欢听那些英语说唱，琛哥把功放声音开得轰隆隆的，几乎吼着回答他说听不懂词儿才好，然后就用背碰撞椅子，一摇一摆的，李问总在想那椅子不知道哪天就会散架。宿舍其他两个人也是正儿八经的体育生，他们和琛哥从某种意义上来说是平等的，是一伙儿的，李问和他们混在教室最后一排的时候总觉得透不过气，他们不共享同一种生命氧气。

李问承认，琛哥的摇晃琛哥的烟气配上那些节奏十足的说唱确实让他看起来特了不起，就十秒的时间，数到十的时候，他马上又回到了李问，那个从来不是正儿八经体育生的李问。老王说得不对，体育不是拼搏精神，明明只是汗腺分泌了过多汗液，黏稠在一起而已。他根本听不到年轻男老师在说什么，老师的嘴一张一合，没有表情没有节奏，均匀得像一条鱼一呼一吸。他试图对着英语课本猜测老师的唇语，他读出了：希望和美德。和母亲曾经带他背诵的一模一样，那是陌生语言特有的幻象。他期待一场暴风雨，从天而降电闪雷鸣，"啪"一下撕开他的伪装和懦弱。

第一次英语测验得了全班第一名，李问没觉得有啥骄傲的，没啥可骄傲的。但他还是给母亲发了短信，企图传递他们母子俩一直同心协力向那个方向努力的信息。也怪，自从来了 M 大，母亲的面容在李问脑子里一会儿清晰一会儿模糊，一会儿衰老一会儿年轻。琛哥当天晚上没去操场，他在宿舍一根接一根地抽烟："你小子没让我抄全答案啊，真不够意思。"

李问从上中学开始就坚持一个原则：既不能抄答案也不能给别人抄答案，后来无奈中他又总结了一套应对这种状况的解决之道，就是让别人抄一半答案。他也没把自己当成一个多么刚正不阿的人，这样做并不是为了由内而外做一个君子，而是因为母亲说老师最恨的就是发现两份答案一样的试卷，往往没人能分清抄的人和被抄的人，这就和分不清加害人与受害者一样微妙，人们厌恶的是出事和麻烦，人们的本性不会让他们自觉从中寻找公正。虽然从小到大他一直小心翼翼规避着老师们的各种禁区，但除了母亲从来没有哪个老师和他真正亲近过。他知道大一结束的时候，中学班上有几个同学专门回去看他们曾经的班主任，一个胖乎乎的小个子女人，他们觉得大学生活值得炫耀和分享。他一直没回去过也不准备回去，这种行为在他看来和愚蠢的狂妄自大没什么两样。

　　"我是怕我的答案也有错。"

　　"我就不明白你认真个什么劲儿，"琛哥摁灭手里的烟，他身上的烟味又呛又臭，"来这儿装好学生了。"

"也不是认真，想好好学习，就是这样，没别的想法。"李问没告诉过宿舍里的人自己注定是要离开的，注定是要转到英语系的。他也想过，如果到时转过去宿舍还不变的话，他该怎么面对他们。他会成为体育生的叛徒，背叛身体极限，投奔更加自私的目标。开学的时候，体育系主任说体育是高尚的人类活动，体育的竞技精神是平等的体现，作为一个运动员，对手只有自己。李问可能是在场所有人里听得最明白的，但他知道自己在体育上从没高尚过——他从周围体育生身上嗅到的不知疲倦的激情和某种旁观者的气息让他心里没底，这些人仿佛不事生产不参与社会竞争的登山者，登顶成功最后收获的只是空气。"没别的想法"，是他对琛哥由衷的回答。

"你是不是不想搞体育？对了，你到底是想当健身教练还是去当学校老师？"琛哥整句问下来没带一个脏字，少见，李问知道这是琛哥对他有了戒备。

"没想好。"

他终究无法和他们并排行走。晚上整个宿舍还是去了火锅店，他还是有些钦佩琛哥的，或许这是琛哥保护自己的一种方式，打开毛孔才能找到对方的弱点，和打拳击的时候一模一样。他甚至害怕在那令人晕眩的罂粟味火锅香气中他真的会道出自己只是个伪装的体育生。

回学校的路上，一群人围在道路两边仅有的一个光源下。他们叫他老王，对，又一个老王出场，是在这条路上摆衣服摊的老王。把老王介绍给李问的人也是琛哥。老王出没的时间不定，但总是在晚上，这样能减少被城管发现的概率。老王特别瘦，永远一身运动服，咣里咣当套在身上更显得他像只长颈鹿，他的摊上都是些假名牌：运动服，袜子，有时候还有鞋。和火锅店不一样，与其说他靠学生们养活，不如说学生们靠他的这些假名牌养活。来买老王东西的大多是 M 大的体育生，老王和大家混得熟，知道这个生意经久不衰——每年的学生进进出出，老王也记不清每个买过他东西的人长啥样，他只知道这些孩子即使知道假的 T 恤不吸汗，也要赶着新把东西穿上身。

老王的推车灯下面吵吵闹闹的，靠近一点李问才看清是两个穿蓝衣服的城管，要没收老王的东西。老王好像在和他们吵嚷，说凭什么没收他的东西，老王边吵边号召围过来的学生。很快，围在老王身边的学生越来越多，渐渐形成一个护卫队的架势。在李问看来，只有两个人的城管被老王和周围的学生围着，就像两颗即将被黑子吃掉的白子。

"操！老王有难！"李问还没反应过来，酒气熏天的琛哥已经冲过去拨拉开外层围观的学生挤到了中心。李问看到的画面失去了所有声音，只有琛哥墙一样的身子伫立在镁光灯下，拳头一下下打在城管身上。琛哥像天神一样把握着出拳的力度，不至于太重伤到这两个人的筋骨，也不至于太轻让他们能反抗。宿舍里另外两个人和周围的同学一起鼓掌叫好起来，为这一场团结的惩恶扬善兴奋不已，琛哥就是他们的新英雄。

李问低头一直向前走，没有停顿，刚才吞下去的那碗冰粉在肚子里变得火热无比。年轻的力量让他战栗，他们确实不是一路人。

# 8

　　1849年10月3日，一位名叫约瑟夫·W.沃克的男子在街头发现神志不清的爱伦·坡，根据沃克的说法，爱伦·坡当时"极为痛楚，急需救援"。爱伦·坡被送往华盛顿大学医院，在1849年10月7日，周日早上五点逝世。爱伦·坡没能连贯地叙说他是如何陷入绝境的。

　　第一次溜进英语系的时候李问特意穿了件白衬衫，就是附中升旗仪式时穿的那种。这过程比他想象的轻松很多：他没费力就弄到了英语系的课表，混进英语系也没他想象的那么困难，只要一扎进人群，大家没什么分别。一番观察之后他甚至认为这个教室里至少还有五六个人都是像他一样来偷听的。他每次都自觉地坐在最后一排，尽量悄无声息，尽量目不斜视。奇怪的是，即使坐在最后一排，老师讲课的声音也清晰洪亮，仿佛他们之间没有任何间隔。我是属于这里的——李问从第一次溜进来就默认了自己是英语系的一分子，他几乎没有看清过这些后年，不，是明年就能成为他同学的人的脸，他们的后脑勺在他看来和他都是一样的，是不同于体育生的，他们才是携手共进的整体。他还注意到班里有几个男生和他一样也穿着白衬衫，这在体育生里是会被人笑话的。他使劲呼吸了一口空气，差一点引起前面人的注意，他确认无误——那青草味又回来了。

讲台上的中年女老师绾了发髻，总有一丝头发柔软地从她脸颊垂下来，据说她是个挺有名的翻译，翻译了好多

117

美国文学。她说话声音很轻，所以课堂上总是很安静，仿佛书掉在地上的响动都能干扰她的细语。第一节听她的美国文学课时，李问手里除了准备好的一个空白笔记本之外，没有其他东西。他就干干地听了一节课，女老师的声调像催眠术一样平均，有时快要碰上女老师的眼睛，他就迅速低下头，不留下任何可能被指控的证据。他想：她知道我是来偷听的，她也许还期待我和她正式打个招呼。再等等。后来他学会了观察前排手里有书的同学，大多时候坐在他前面的是一个干瘦的姑娘，她的后脑勺扎出一撮马尾辫，细得就像一根摇摇欲坠的窗户绳。她没扭过头来之前，他总觉得这个女孩从来没有认真听讲过——她的后脑勺和狭窄的肩部，还有背上皱成一团的衣服褶连同她的马尾辫一样摇摇欲坠，飘在教室上空。

李问从图书馆借出了《爱伦·坡短篇小说选》，一本中文的，一本英文的。这两本书已经被翻得卷了边。在这之前，他对这个作家毫无概念。他把这两本书迅速揣进书包里，扫了一眼图书馆，又自己取笑自己：怕什么，那帮体育生从来不来这里。自从开始去英语系听课，李问总觉得班里的体育生在对他指指点点，仿佛他走到哪儿都有他们跟着去看他在做什么。他知道这是典型的叛徒心态，可是绕了一个弯继续走回自己之前的道路又有什么问题呢？此时，他打心眼儿里感谢母亲捧出的那个牛皮信封。实际上，自从隔了距离之后，"母亲"反而在他心里平静地驻扎下来，褪去了之前这个词附带的狂躁和压抑。

他对词语并不敏感，从小就发愁背单词。那些纷乱的字母总是在他脑子里不停晃动，形成一种可能的同时也形成一份怀疑。小时候母亲为他做了很多单词卡片，说是卡片，其实就是不用的包装盒拆掉再剪裁弄成的，他喜欢翻弄这些卡片的背面，猜哪个曾是牛奶盒子，哪个曾是饼干盒子。那时候，他以为记忆是一种游戏，当他连续说对五个答案的时候，母亲会特别开心，这种讨好母亲的游戏到了他十二岁的时候突然失灵了，讨好莫名其妙变成了抗拒——就在他对着单词卡片要说出正确答案的那一刹那，巨大的破坏欲迎面而来，某个他熟悉的声音轻声呢喃着：

不要让她如愿以偿。

确实，这书里的好多英语单词他从来没见过，也没想过这些字母拼在一起能组成什么有意义的单词，或者这个叫爱伦·坡的家伙写的东西本身就毫无意义。前几天母亲打电话来，他告诉她自己在英语系旁听，母亲似乎很高兴，为他身处这一行列而高兴，但他没有告诉母亲自己觉得美国文学这课很有意思。因为他自己也捉摸不透这些游荡的奇怪词组对于他的将来能有什么帮助，但在这些奇特的词语之间，他好像又慢慢参透了母亲的意思——留学美国对她来说象征着一次重新洗牌。可是他从这个爱伦·坡写的东西里怎么没有看到一丝希望？这和母亲跟他说的"国外"完全不一样。

他想起了水生两天前在 MSN 上给他的留言。"还好吗？我在洛杉矶。"

李问不知道怎么回复，他该说"我在 M 城，体育生"，还是说"过几年我也去美国"？自从那天跑完步他们就再没见过面，拍毕业照的时候他远远地看到过水生，他好像摘下了钢牙套，在阳光下笑得特别好。有种同甘共苦的平等性一点点被剥离，他看见胶皮跑道在阳光下融化殆尽，他此刻能保有的最平等的权利大概也只是保持沉默。

他想不出水生现在待的是一个什么样的地方，这超出了他的既定认知，也超出了母亲口中的"国外"。摘了钢牙套的水生是不是和他从前认识的那个人完全不同？水生是那个恶魔，第一次把他推向真实世界的大门，在那之前，真实从来没有离他那么近：水生的出路让他变得渺小，这世界仿佛被切割成无数个无法透视的空间，只有一级一级不设箭头的成长才能解锁新的黑暗洞穴。在这之前，李问对自己的年龄几乎没有感觉，虽然每次过生日母亲都会给他买一个蛋糕，点上彩色螺旋的蜡烛，蜡烛燃烧的同时转化成滴在雪白奶油表面的光亮固体；还有长寿面，母亲的面拉得又长又筋道，他吃面从不放醋，而她总是吃到一半的时候才想起来放醋。

自从来了 M 城大学，他越来越觉得自己变成了一个叫《模拟人生》的游戏里的角色。这个游戏是琛哥带他玩的，在这之前他几乎没有任何游戏经验。游戏设备对附中时期的他来说是无法藏匿的实物，也是母亲的禁物，她厌恶一切带有娱乐性质的活动：她从不打牌，不跳舞，不唱歌。他有时透过厨房的玻璃门看她抻面，仿佛在进行一场陌生的仪式——她上臂的脂肪随着面的上下抖动而摇晃，那是她万劫不复的青春。他发现自己已经无法把母亲和年龄联系在一起，无论他如何探究，洞穴最深处一定是一具衰老干瘪的身体，而他，就是从这个暗淡松弛的子宫里被陌生人取出来的。

琛哥有一台 PS2 游戏模拟机，连着电脑显示器。他没去英语系听课之前，琛哥有时让他用这台机子学玩游戏。琛哥和宿舍里另一个同学经常坐在显示器前，他说他们在打《暗黑破坏神》。从一开始，琛哥就和李问说这种游戏他学不会，让他先适应下养成游戏。李问不得不承认，光是《模拟人生》，他就看得目瞪口呆，在模拟的世界里他可以成为任何角色，他手里的黑色手柄就是所有行动的中枢。虚拟让他眼花缭乱。游戏里捏出来的人形和他一样成长在小地方，然后来到世界性大都市，越来越大的房子越来越多的车和越来越性感的女朋友就是评估成长的标志。在游戏里每成长一岁，他就能拥有一件新的物品——游戏里的三十岁，意味着他有了足够的钱可以买下位于虚拟城市中心第六十层的房子，他按下手柄上圆形确认键的瞬间短暂失忆，这桩购买的完成让他彻底遗忘现实中的自己。他看着游戏里的李问住进六十层的摩天大楼，游戏人形的脸上木然平静，坐在屏幕里蓝色沙发上开了一瓶香槟，他深信，这就是自己。

　　成长对李问来说依然还是一个线性时间。男生宿舍的厕所里总是有一股混着汗腥的尿味，他们这层住着的基本全是各年级的体育生。"这群人像小学生一样永远擦不净屁股。"李问摸着自己下巴刚长出来的胡楂自言自语着，他完全意识不到是因为自己早就适应了没有男性气味的环境才会变得如此敏感。第一天使用这个集体厕所的时候，李问进入隔间后甚至多疑地将尿斗上上下下检查了一遍，其实这和附中使用的尿斗没什么两样——又白又肮脏。他想起几年前自己刚长喉结的时候，声音突然变得很粗。喉结似乎和上唇的胡楂是一起出现的，他猜测母亲应该是先听到了他奇怪的粗声才注意到他喉咙中下部鼓起的那块尖尖的小包，母亲什么也没说，但他知道，从此被监听的夜晚和被窥视的床头柜意味着他童年的消散，那个仅剩一丝父亲记忆的童年消散了。这一变化来得太快，一夜之间，他和母亲都没找到对待彼此的合适办法，而成长和性就像娱乐一样，是母亲的最大禁忌。

暴打城管事件之后，李问彻底成了"窝囊的屃货"，对，他们都这么说。李问总觉得每次他进英语系的时候，琛哥就在他看不见的地方盯着自己。琛哥肯定知道了自己的秘密，李问笃信无疑。他也确信有几次他夹着爱伦·坡或是其他别的书进来宿舍的时候，背后琛哥投来某种憎恨的目光。那目光让他满身鸡皮疙瘩，那种憎恨是坠入深渊的生物对已经爬出去的同行者的憎恨。曾经同行的假象一旦破碎，那对立就让人毛骨悚然。

李问在心里管那次城管事件叫"城管革命"，他没把这件事告诉母亲，在他看来，这不仅是琛哥对自己地盘的示威，更是确认秩序的某种群众革命，像中学历史课上讲的攻陷巴士底狱那样。《模拟人生》里从来没有革命斗殴，模拟生活如同在一个稳定的蛋壳里一样稳步前进，他想，琛哥说他不适合他们那种屠杀游戏，还真让他说对了。那天他先回宿舍里来，没洗漱就爬上了床。琛哥他们过了半小时左右回来的，兴奋混着酒气让整个宿舍混浊而亢奋，琛哥吼着："今天爽了！敢动老王？咱就不能让这帮穿制服的给压了！"李问没敢翻身，没敢捂耳朵，他听得见琛哥的声音，闻得到他们的气味，就是不知道他们心里燃烧的那股火究竟来自何处。那天晚上之后，琛哥和宿舍里的人开始在夜里玩游戏，他们把功放声音开到最大，一直到断电熄灯的最后一秒。

李问知道，自己的《模拟人生》世界也从此中断了，他正在那个世界里追求一个叫 W 的女孩——她一切都好，有丰满的胸部和纤细的腰，他们一起吃过两次晚餐，W 在晚餐后还主动吻了他——在模拟世界里的李问没有任何成长的难题，他丝毫没有脸红，应对自如，仿佛在 W 之前就见识了无数个完美女孩；而现实中的李问还不知道亲吻是否只意味着唾液和唾液之间的舐舐交换。他曾经想过如果用"李问"通关之后，他可以再模拟一个女性的人生，还没想好给她取什么名字，暂时可以就叫她 W。但是他现在是一个"窝囊的尿货"，琛哥用沉默把他赶出了同行者的队伍。于是在那之后，他和琛哥像达成了某一项约定一样，他们睡在一个空间，却精准地没有交集。没有协商没有疑问，被放逐的是李问，反正他总有办法在图书馆、食堂、操场、黑漆漆的小树林甚至是火锅店旁边堆满回收物的死胡同里游来荡去，他成了体育生里的异类——最不合群，最荫翳奇怪；他成了体育生里的幽灵——最没有道理，最不知头绪。

　　偶尔他也挂念那罂粟壳味的火锅，和滋油的米糍粑，但他害怕在那里碰见琛哥他们。他花了两周的时间才终于摸清楚他们的行踪规律，这让他变得像一个地下工作者。

但在那两周里他感到莫名的激动和兴奋，他觉得自己像一个最无耻卑鄙的鬼怪一样恶心阴暗：躲在暗处窥视别人的生活，这使他全身的血液充斥了一种异样的膨胀感，他从来没有过这种感觉，他也分不清这股电流究竟来自生理还是心理，一个隐秘的恶魔仿佛在他心里悄然出生。他发现周三晚上他们是不会去火锅店的，因为琛哥每周三晚上都有搏击赛，与其说是搏击赛，不如说他每周三都等着有人出现来击垮他。琛哥是周三之夜的王者，他一晚上要连续击倒三个人左右，然后一个人去操场上跑步，跑到精疲力竭的时候就盖着头巾四肢摊开平躺在操场上大口喘气，再然后他积攒着自己的兴奋，一直到周五晚上才用喝酒吃肉发泄出来。

李问想，可能那罂粟壳火锅还真是让人上瘾，尤其是背着琛哥他们自己一个人去——这个想法让他抖擞不已。于是，在确认了那周三晚上的搏击赛照常进行后，李问立即收起正在背的单词书直接往学校后街奔去。那些单词对他来说虚无缥缈，他感觉只有罂粟火锅才能让自己再次清醒过来，此刻，这几乎是他的全部渴望。

　　冬天黑得早，M城和自己的家乡城市比起来更有烟火气，也更让人捉摸不透。当然其实也不能这么下判断，李问越来越无法确定自己曾看到的是否家乡城市的全貌，但他越来越确定的是M城的冬天更冷更暗，有种他从未体验过的潮气从身体的缝隙里不停钻进来。从附中到教师家属院的路上总是灯火通明，据说是因为小区里三分之一的住户都是退休老教师，怕老人家夜里走路看不清摔着。李问再回去看那些灯光，居然带着种世纪末最后的倔强，像要用毫无死角的光明驱散新一代的盲目无能。此时M城大学后街的灯光一半亮着，剩下的要么电压不稳一闪一烁，要么空有一个高高的支架，里面的灯泡碎的碎没的没。大学生群居的地方总是滋生着各种难以名状的事物，这其中有的人刚刚成年，有的人早已和外面的社会同生共灭。

　　他来的时候看到卖假名牌的老王正推着车子，把车上的纸箱子一个个打开，又一批衣服到了。李问跟着琛哥他们也从老王那儿买过一两件，但他总觉得这些衣服冬天不够保暖夏天又不够透气。母亲每月给他的生活费确实支撑不了他去追新款的真货，但他不把自己当正儿八经的体育生看就有这个好处：他现在更喜欢穿些实用体面的衬衫，这些衣服往往看不出来牌子和季度，也更适合英语系的氛围。估计老王在这儿摆了这么多年摊，嗅到了李问不是什么忠实主顾，所以他们统共也没说过几句话，也不太需要刻意去打什么表面的招呼。

初冬的地面被不知道从哪儿来的霜降弄得有些滑，李问在进火锅店之前差点滑了一跤。他一进去，整个人都热乎了，虽然屋子里雾气重重也没有多明亮，但他的每个毛孔都张开了，贪婪地吸取着那飘浮的廉价香气。他终于点了一瓶"雪晶莹"，这是 M 城本地产的汽水，艳蓝色包装瓶上画了个傻里傻气的大头娃娃咧嘴笑着，他感觉这玩意儿比可乐甜得多，就是蓝色色素加碳酸化合而成的甜水。他一直渴望能点"雪晶莹"，但每次和琛哥他们来都必须跟着喝燕京啤酒，他不喜欢喝啤酒，总觉得啤酒又酸又臭，打出来的嗝都有一股没消化的味儿。只有这蓝水配上罂粟壳火锅才是 M 城冬天的仙境。火锅店老板多看了他一眼，想确认他是不是因为失恋才一个人来，后来发现李问的脸上没有任何悲伤，而是一副迷醉的神态，就对他多了一些隐忍的嫌弃：一个人占一张桌子吃火锅对老板来说不划算，但也可能这样的人兜里钱多些，或许能放长线钓个大鱼，学生里总有些一个人花大钱吃饭的主。李问完全不知道火锅店老板盯着他又走开是什么用意，他从小就是一个脸皮极薄自尊心又强的孩子，他想，可能老板要撵他走了，他总共也就点了三盘肉一盘菜，还都吃了个干净，不太像体育生的作风——他们总是点满一桌菜，从来不吃精光，吃干净太拂面子。喝完最后一口"雪晶莹"，他学着琛哥打了个嗝，胃里的气体痛痛快快排了出来，他付了钱准备回公用自习教室待一会儿，那是他新发现的好地方——那儿从来没有体育生来，从晚上六点通宵开放到早上六点，除了偶尔有情侣在最后一排搂搂抱抱之外，没有任何嘈杂的干扰和被发现的危险。

　　刚吃了热的东西顿时觉得外面凉了，李问一出火锅店就赶紧把运动帽衫的帽子盖在头上。不知道是罂粟壳起了作用还是那蓝汽水的碳酸升腾，他向火锅店右边那个死胡同里拐去，就像是一个叛逆的孩子趁着独自一人想走遍所有被打上印记的宝地一样。他刚一拐进去，废品桶前面的两个人影就和他的影子交织在了一起，缠绕静止，电击一样擦枪走火。他脑子里、心里、嘴里只有一句话："我完了，我彻底完了。"

那两个人影一个是老王，一个是琛哥。

琛哥脸色发白，额头上沁出细密的汗珠，他披一件运动夹克，应该是中场休息跑出来的，他把几张折叠在一起的一百块塞给老王："还和原来一样，给我点儿莫达非尼。这药确实有效果。"

老王从自己的小破腰包里拿出四个铝片，每片大概有十颗裹着的药片："我还是把盒子给拆了，好带。够吃一阵了。"

琛哥接过那四个铝片："今天吃了四颗，人确实兴奋，眼睛也快得不得了，我在飞，别人在走，老王你也是，我看你就是慢动作。"

老王笑了一下，老王笑的时候朴实无华。母亲从来没和李问说过，朴实的人其实最狡猾。母亲和李问都是那种看上去中不溜的人，不过分老实也不狡诈，李问第一反应就是："老王藏得够深的。"

他们三个人全呆了，琛哥还没来得及把手上的铝片塞进夹克口袋里。"妈的……"琛哥往地上啐了口痰，即便这里没多亮，李问也能分辨出琛哥身体的晃动不是因为冷。要是琛哥马上冲过来打他，就像那天打城管一样，李问也完全能接受，甚至自愿被琛哥打，此时暴力才是解决所有问题的最好手段，那说明他们彼此之间还保有真挚的血性。李问也突然反应过来，原来那场"城管革命"真正保护的不是纸箱子里的假名牌，而是现在琛哥手上的小药片；原来琛哥他们真正反抗的不是城管制服代表的城市制度，而是从开学第一天起系主任就不断强调的公平公正的体育精神。

这三个人对峙着，却不像寻架的野猫蓄势待发，他们像非洲那种会蚕食自己同类的蟋蟀一样有着腐烂发红的身体，触角像雷达一样搜寻某种更加邪恶隐晦的信号。漫长如冬夜，废品桶上方唯一的那盏路灯突然亮了一度，李问彻底看清了琛哥的脸——一张充满羞耻、恨意、嘲笑的脸，在莫达非尼或是在对李问的仇恨的作用下快速抽搐。琛哥终于朝他走过来了，李问知道自己无处可躲，他等待暴力的公平制裁，他绝不还手。

只有老王一个人站在路灯照不到的地方，他知道这群体育生里每届都有个拳王，更新换代又繁衍不息。他没必要去掺和这群大学生的事儿，他们之间的默契不仅来自运动服，更来自运动本身的极限。老王就是这群年轻人的魔术师，他给他们带来胜利的罂粟果实。所以当琛哥只是走过李问身边瞪了他一眼的时候，老王捏了捏自己的腰包，他看惯了打斗，也知道沉默带来的摧毁性比暴力大得多。

琛哥就这么走过他身边的时候，李问觉得他真正认识到了仇恨的意味，他痛恨自己看到了这个秘密。"我要完蛋"，他一个人不知道在那条死胡同里站了多久，直到周身冰凉得像个死人。

# 9

　　整整一周，李问闷着头，在无法预知的期待和不可捉摸的毁灭降临中度过。那天晚上在学校后街发生的一切上一秒还清晰可见，下一秒就消失无踪。他没有受到即刻的暴力制裁，他丝毫不庆幸于此。这样拉长时间的审判不是琛哥的风格，除非他是真的恨李问。

　　李问去看过琛哥的一场比赛，那时他还不知道怎么打发周三的晚上，以及他将面临的一千多个在 M 城大学的晚上。整整一层楼，体育生们沸腾的热气让他既冲动又抵触，他能感受到强烈的生命脉搏，但马上又发现自己并不属于他们的世界。他之前没见过拳台，只是觉得学校体育馆中间的这个拳台比他想象中的要大一些，像一个蓝色和红色泡沫搭成的狩猎场。第一个挑战琛哥的人是个黑瘦的小个子，他看起来似乎想给上周连赢三场的琛哥一个下马威。他们将戴了拳套的手高高举在额头前面，左右滑步快速移动，眼睛死死盯着对方，就这样对峙移动了一分钟。在动态中寻找对方的弱点，才能一击致命，这就是搏击运动的要义。李问看到琛哥的眼睛聚着光，那眼睛的最深处是一片他读不出感情的死寂地带，他在《动物世界》里看到过这样的眼神——是美洲豹准备攻击猎物时候的眼神——琛哥找准了对方移动时慢下来的那一个瞬间，毫不犹豫地快速挥起右拳直奔对手的左脸，对手的失误和疏漏开始越来越多，最后被琛哥打到鼻涕直流，白色黏稠液体里混着一丝涓涓渗出的血。从这场比赛开始，所有体育生都收到了沉默的宣示：周三的比赛成了名副其实的拳王挑战赛。

琛哥和他们在一起的时候，不管是在宿舍还是在火锅店，从来不讲拳台上面的事。大多数时候琛哥总在讲自己，讲他的过去，讲他的理想，讲他的姑娘。有那么一两次他讲到自己在体校的事，李问记得特别清楚，当时琛哥就和他后来撞见的那次一样，额头不停沁出汗滴，整个人微微发抖，那绝不是因为寒冷。宿舍里另外两个人（李问确实直到后来也没想起他们的名字和长相，"指认"在回忆里毫无作用）也凭借自己在体校的训练经验很快就融入琛哥的话题，李问几乎只能旁听，偶尔他说到"附中"或是"长跑队"这些词，总让自己听起来像个自鸣得意的小学生。当天晚上李问就做了个梦，梦里应该是琛哥的身体，健壮精悍，但他看不清那张脸，只看到这个身体被吊在学校的体育馆中央，就像屠宰场里被吊起的猪一样，一个戴着头套的拳击手声嘶力竭地正朝着那身体的腹部挥拳，正在做他刚听来的"抗击打训练"。然后李问"唰"地一下睁开眼睛，心跳得就要蹦出自己的身体，宿舍里一片漆黑，鼾声震天，还有他们的各种气味。他懊悔白天和他们说了自己原来是长跑队的，他懊悔听他们说了体校的训练，他不断吸气又呼气，鼻腔里充斥着这些男性运动员的体味，反复在想："我怎么才能逃离这里？万一之后宿舍也不重新分配怎么办？我怎么才能永远逃离这里？"

那周过后，琛哥好像毫无动静，他们现在连对视的机会都不给对方了。李问连着在自习室待了一周，硬是等到宿舍熄灯之后才摸黑躺回自己床上。就这样，他们越来越像两个世界的生物：一个活动在明处，一个活动在暗处；一个竭尽全力要咬到对方的脖子，一个费尽心思躲避不知根源的怨恨。李问觉得自己确实是一具行尸走肉，和曾经梦到的那个被吊起来的身体没什么两样。自习室又是另外一个味觉世界——热的或冷的饭味，新的或旧的书味，还有他不知道如何分辨价格的香水味。这里有一个人完全没有任何气味，那个女孩是这周才出现在自习室的。他记得在英语系听课的时候，她永远在他前面，现在她就在他斜后面两排的位置，一个人，依然干瘦得不真实。

有种强烈的欲望迫使李问起身轻柔地往后走去，他想看清这个没有任何气味的干瘦身体究竟长着什么样的脸孔。那女孩还是扎着枯草一般的马尾辫，头发尽量抿在一起，但是额头有一圈毛茸茸的碎发，她不紧不慢抬起头，似乎在等李问和她说话。李问看清了她的眼睛，是一双凹陷在灰黄色皮肤里的巨大眼睛，他在母亲身上也看到过那种眼睛——母亲的眼睛更小巧秀气一些，但是她们的眼神一模一样，是那种看一眼就不会忘掉的清教徒一般没有生气却又炽热得让人害怕的眼神。

"你是来听我们英语课的那个人吧？"女孩先说话了，她的声音有气无力，尤其是这样故意压低声音说话的时候。

"啊……是的……"李问挠了挠头，在考虑是否应该坐下来，自习室里已经有几个人往他们这边看来了。

"我叫郑小微。"

"李问。啊……我先回去。"李问指指他在自习室坐的位置。往回走的时候他看了一眼郑小微桌上不锈钢的保温杯，和家里的一模一样。家里有两个，他不喜欢喝热水所以从来不带，另外一个母亲天天带着，里面永远泡着几朵菊花和几颗枸杞。

郑小微是李问在 M 城大学碰上的第一个和他说话的女生，而且还是主动和他说话。他对郑小微一直有种说不清的抵触，来自熟悉和抗拒，但同时那种抵触又牵引着他去附和郑小微，他想，郑小微是英语系的，多接触接触没坏处，最起码他多了一个认识的人。他们之间也形成了某种默契：李问还是卡着时间点临上课五分钟前进入英语系的教室，然后不顾一切笔直地溜到最后一排，郑小微更早一点就在他前面那排坐下了；他们从不在英语教室里打招呼，在这里他们依然像两个从没认识过的人；但在自习室里每隔两三天他就会碰到郑小微，他们隔着两排打个招呼然后坐下各干各的。他们俩似乎只知道彼此的名字，却不知道对方到底是谁，竟也保持下来了一种陌生又奇怪的相处节奏。

李问庆幸这个干瘦的女孩没有引起自己的生理欲望。他从来没和琛哥说过，有时琛哥讲起自己泡过的姑娘时，李问会梦遗，和他中学时候一样，热乎乎一片。其实他从来也不知道琛哥的那些姑娘长什么样子，只是觉得她们肯定有着丰满的胸部和雪白带香气的皮肤。反正他再也不会听到这些事情了，这个学期快结束了，再度过一个夏天他兴许就能进入英语系了。上次寒假回家，母亲还让他带了盒小山参给姚主任。

那天晚上和其他别的晚上没什么区别。十二点。李问又在自习室待到了宿舍熄灯的时间。他感到异常困倦，哈欠一个接着一个，可能是刚才在食堂吃了太多米粉的缘故。M城的米粉比起自己家的拉面来要生硬很多，他吃不惯这种滑溜溜的东西，总是需要放厚厚的一层辣椒油才能有点感觉，而每次寻找那个油腻黏稠的辣椒瓶也是他在食堂的单人穿梭游戏时间：那辣椒瓶永远都出现在被随意弃置的碗碟旁边，或是某张粘着一堆米粒菜渣的桌子上，倔强得如同一个混乱中的反叛者。十一点以前如果郑小微不出现在自习室那就意味着她今天不会来——原来每个人都有属于自己的时间游戏，李问在困顿恍惚中想到，他在这里既不醒着，又不睡着。

然后他意识到自己的守候其实有非常明确的功利原因。他差点忘了即使在英语系听了将近一个学期的课，他也无法和郑小微他们一起参加期末考试。他不在英语系的名录上。他急切地想知道郑小微究竟在复习什么东西去迎接那只属于英语系学生的考试。他也分不清这究竟是为了满足自己的好奇还是仅仅出于嫉妒。他等了两天，郑小微都没来这个自习室。即使她来了，他对她所掌握的一切全知全能又有什么用处？他此刻还不在英语系的名录上，那意味着他还是一个幽灵，就像现在他游荡在从自习室回宿舍的小路上一样。

　　这个时候在小路上看到的不是一群人，就是粘连在一起的两个人，他甚至有一次还看到两个姑娘搂在一起，其中一个好像也是体育生。他对所有体育生里的女性都没有兴趣，虽然每次那些短发女运动员总是嘲笑他的跑步成绩连她们都不如。他们在体校所传承的一切都与他李问无关，他不理解运动员的爱和友谊，也不想去了解。初夏的夜晚闷热潮湿，这条小路上藏着很多又小又轻的飞虫，不断扑腾在李问脸上，搞得他只能用懒怠的手臂挥来挥去。大概是这样低压的天气，让他只想躺回床上大睡一场，虽然宿舍里的汗味越来越难闻，但只要睡着了，也就什么都闻不到了。他好像看到宿舍楼前面有个人影跑了回去，就像是专门待在那儿监视他一样，一定是幻觉，他不过是个游荡的影子，没有任何可供监视的价值。

李问在上升的电梯里盘算着今天不必洗脸了，牙刷就在自己桌子的右侧，不出声响摸到公共厕所刷个牙就能睡觉。他放轻脚步走过白炽灯照着的过道。其实这些体育生只要睡着了就根本听不到任何动静，深夜的脚步声对他们来说就如同风刮下一片叶子一样悄无声息。李问讨厌这些此起彼伏的鼾声，他觉得这些胡乱发散的荷尔蒙暴戾而不知节制，但他还是放轻了脚步。右边正数第十个房间，李问停在那儿，抹了一下手上的汗，从运动裤里掏出钥匙。他稍微侧了侧耳朵，他们的房间里似乎有种诡异的寂静。

他下意识打开门，除了打开门，他并没有其他别的选择。安静得让人害怕——李问还是关上了门，他数不清究竟是四条手臂还是六条手臂向他扑来，把他死死地按在琛哥床下面的桌子上。他挣扎了一下，那桌子把他硌得更疼了。他知道这场被时间拉长的审判终究来临了，只是他没想到这审判竟会发生在夜里，而不是能看到血流满面的白日。他放弃了挣扎，试着用吐气让残暴的等待时间变得更短一些，他在等待，等琛哥的拳头击落下来，等一场潮湿痛快的结束。

十秒之后，他确定琛哥的手过来了，那手上带着比任何人都重的杀伐气息。李问觉得自己被塞进了四五颗圆形的药片，他想要起身把那些东西吐出来，却被脖颈上的手臂按着不能动弹，然后琛哥把矿泉水瓶塞进他嘴里，他想，只要不咽下去就没事。他在那一瞬间仿佛看到了嘴里药片的颜色和大小，一定就是老王手上拿着的那些东西。

李问企图憋住气抵制瞬间涌入嘴里的水流，却把自己狠狠呛了一口。他下意识咽下了嘴里的东西——水、鼻涕、唾沫混成一团糊在他脸上。不知是谁在黑暗中打开了手机的屏幕亮光，李问在这团暗光中没有一丝惊诧——恐惧、害怕还有憎恨压制了他所有的情绪，他的脸扭曲成一团，在琛哥他们的嗤笑和掌声中寂静、庄严地走回自己的床位。他的耳朵里响起巨大的轰鸣声，几乎听不到琛哥在说什么，或者那就是琛哥的声音："你要上瘾了。"他机械地爬回床上，完全遵循身体的本能而不是头脑的指令，他"咄"的一声躺倒，试图不发出任何声响去迫使自己的胃呕吐出刚才吞下的那些药片，没有用，残留在他嗓子眼儿里的是已经快速溶解的苦涩粉末。他开始一阵阵地颤抖，他听到自己身体里的每一处血液都在战栗地哀号，而他睁着眼睛眨也不眨地盯着漆黑一片的天花板，一言不发，不想哭也不想喊叫。

整整一天，李问就像害了一场大病一样脸色苍白，他觉得自己活到现在从来没有这么亢奋过，亢奋得让自己绝望。他几乎不能控制撒尿的准头，直勾勾看着喷涌而出的液体飞溅在厕所的格子地上。他对这感到抱歉，于是又返回去找出一些卫生纸擦拭了那地板。后面进来的一个鬈毛男孩惊异地看着李问的动作，而李问完全不在乎他正在擦的这片地板上是否还混有其他运动员们的尿渍，他只是试图把这一切清理干净。出晨跑的时候，鼻腔里和喉咙里不断分泌出唾液一样的东西，李问只能不停地重复吸气和下咽，这频繁的动作吸引了辅导员的注意。辅导员歪头对他抿嘴一笑，就像在说"轮到你了"。李问至今都无法搞懂当时辅导员究竟是知道他吃了药还是真的什么都没看见。他几乎没有力竭的感觉，这让他害怕，他知道自己一定像只太阳底下的狗一样正想尽所有办法企望快速散去周身的热量。集中在他身体里的热度随着心跳加速，减缓，再加速，再减缓……他开始害怕了，这种害怕只有一小半来自对上瘾的担忧，另一多半来自对自己身体失控的无助。他发现身体的能量并不由自己的意志所掌控，他用一个拼命向后拽的意识拖着不断往前冲的身体，这让他疲惫、压抑、痛苦、绝望。

最令他害怕的是晚上。李问还是没在自习室碰到郑小微，其实他只在自习室待了几分钟就离开了，他的心跳已经缓和了下来，但整个人在高热之后完全虚脱，他渴望躺回自己的床上。他从来没有像刚过去的那个白天一样高度关注自己，看到路过听见的一切动静都像梦里发生的，手一够出去就什么都没了。一切都是个陷阱，当"自己"变得无限大的时候，就进入"自己"的噩梦。他们还能怎么样？李问断定琛哥已经对他做出了最后的审判——把他推进噩梦，让他成为同行者。他再次困倦无比，并且已经无法区分这困倦是因为身体上瘾，还是因为心理恐惧。他得像个上台的拳击手那样，不管一切躺回去继续做梦。

琛哥他们回头看了一眼灯光下的李问，他们已经几个月没在这种光线下照面了。李问看到琛哥的眼底冒着兴奋的死寂，嘴角那胜利者的嗤笑透出空洞和恐惧，他马上明白了，他们俩害怕的东西其实完全一样，从一开始他们就是同行者。李问和琛哥没有说话，就这样相互盯了差不多十秒钟，琛哥先挪走了目光，然后招呼其他两个人继续打游戏。李问意识到《模拟人生》里的那个"李问"正式死亡了，他不可能重新接续"李问"三十岁之后的人生，即使以后他弄到另一台游戏模拟机，一切也完全不一样了，已经死去的和重新开始的绝不会一样。

他们功放的声音就像来自另一个平行时空——臭气熏天，无可救药。李问平躺着，睁着眼睛直到宿舍熄灯，一切又回到了黑暗。那几颗药片的化学作用已被完全代谢掉了，可他只要吃过、消化过，这滋味就会像那罂粟壳火锅一样残留在他的感官里。李问用指甲狠狠抠了下掌心，母亲说那里有个穴位是激活心脏的。"总有一天它们又会回来。"他想道。从宿舍廉价的窗帘缝隙漏出几丝黄色的光线，睡着的时候毫无察觉，醒着的时候这黄光就是无穷大。李问从这黄色光线里受到了巨大的启示，就像他还不知道他从竞技运动员那里得到了什么一样。

上次英语系那个女老师说放假前的最后一节课是导读爱伦·坡的《泄密的心》。李问跟着做完体能训练就回宿舍了，他已经决定了，哪里都不去。夏天的太阳直照进宿舍里，就他一个人站在床架爬梯前，影子被对面的床铺横切了一半。李问微微发抖，这发抖不是因为冷。他拉开书包，在右侧的内封包袋里摸出了一个绿色打火机，食堂下面的学生超市有的是这东西，一块钱一个。只要有合适的火源，这东西能让整幢楼都烧起来。李问想，他其实还挺喜欢 M 城大学的，不管怎么样，他在这里有个床铺，能让他稍微觉得自己是个成年人，一个脱离哺乳的成年人。

他把打火机塞进运动裤口袋里，毫不犹豫地走到琛哥床铺前面——一条蓝格图案的被子凌乱地揉成一团，汗臭和脚臭透过被子扑鼻而来，这就是一个成年雄性混乱不堪的气味。李问拎起这条被子，尽可能不让这团东西接触到自己的身体，他朝厕所走去。这个时候的宿舍楼宁静无比，尤其是他们这层，下午三点，体育老师说是进行体能和耐力训练的最好时间。李问把琛哥的被子扔在厕所正中间的方砖上，体育生的耐力只有一场拳击赛那么长，而他的耐力和生命一样长。他蹲下来，第一次没打着火，就又打了一次，火苗长长地蹿了出来，点着了被子的一角。越是轻的东西烧起来越快，这团棉花还有股中学化学实验里酒精灯芯燃烧的气味。李问站起来，脑袋晃了一下，被子冒着黑烟越烧越旺，他明白这团火已经不是给那个模拟世界里"李问"的祭奠，而是现实世界里李问对琛哥的最终审判。第一次，他觉得自己确实是个卑鄙小人，他只能躲在大下午的阴影角落里去烧别人的被子，他再没有勇气去做更大的坏事了，比如给琛哥一拳或者正儿八经捅他一下。他又感到了那种虚脱，完全亢奋之后的虚脱。

那虚脱让他瞬间清醒。李问从洗手池下边抽出来一个不知是谁放在那儿的塑料盆，打开水管接了满满一盆水，狠狠地朝已经烧了一半的被子泼去——其实那火光也没有他想的那么亮。烧焦的棉花气味已经向楼道蔓延出去，值班阿姨在李问身后大喊了一声，那个声音就和他小时候同母亲在公交车上听到的"抓小偷"一模一样。他知道他完了。

# 10

　　这趟夜车格外地久。年前是最难抢票的，人人都要回家，李问没能买上卧铺票，只好买了张硬座票，母亲为这件事给他打了不下三个电话，来来回回其实只说了一句话——"孩子受苦了，回家来一定得好好补补。"在母亲眼里，让他忍受将近十二个小时硬座旅程是一场迫不得已的受难。李问和母亲一起旅行的机会不算多，在他的记忆里，他们总是买的卧铺票，不是软卧但也不会是硬座，他们处在火车乘客群体的中间等级，没有特殊待遇，但也不会因为一百块钱之差让自己遭罪。硬座车厢里的人们顾不上尊严和克制，尤其在每年的这个时候，火车载着成群的人就像载着一群避难者，奔赴他们该回去的地方。几乎每个人都脱掉了鞋子露出袜子和光着的脚来，即使每人占据的位子只有被又旧又脏的椅套裹着的那个窄小空间，大家也尽量让自己在这其中盘桓自如。母亲没教过李问如何应对此时的困境，他似乎只被一种"我要得到更好的生活"的单一信念牵引着成长。他被这困境里的气味熏得头晕，试图从行李包里翻出件衣服来把自己盖住。

　　一件棉质运动外套，那东西在揉成一团的右边口袋里沙沙作响。他停顿了一下，顺着口袋外面的缝线拍了拍那东西，还在——隐匿在其中的另一张火车票此时变得像一张彩票那样让人充满希望，就是他在姥爷家油乎乎的饭桌上看到的那种白底红字的彩票——你只需要用铅笔圈出几个熠熠生辉的数字，等待揭晓的那段时间会让你真的以为人生的出口来了。最终大多数人一无所获，只有一两个人一劳永逸。这必须是一场非凡的赌博，就在他从姚主任办公室出来以后，就在他顺手多买了一张火车票以后。

售票员和他隔了一面玻璃，那玻璃上充满了人们的哈气和手印。他看不清售票员的脸，售票员问他："另一张是去哪里的？"

他自己都无法辨别自己的声音："去北京。"

售票员利落地出了票，完全没听到他声音中的抖动，或是已经全然麻木。人们在火车上生离死别，期待驶离过去或者奔向未来。对于李问来说，这张火车票就跟藏在行李包最下面那层的灰色刀子一样，微不足道又无所不能。

他没有计划。他把外套盖在自己脸上，合上眼睛想尽量闭目养养神，母亲还什么都不知道。

他始终无法让自己沉入睡眠，他感觉自己浮在克拉玛依油田上，头顶就是蓝得要坠下来的天空，虽然他从来没有去过那里，但他相信自己总有一天会去克拉玛依看看。他已经连续三天就那样趴在自习室最后一排的桌子上尝试让自己睡着，胳膊和桌子都被他的头发弄得汗津津的，他仍试图把自己的头藏得更深一些，他觉得整个自习室里的人仿佛排成了美国电影里那种陪审团的阵势，冷酷又正义地对着他喊——"看，这个人！就是他烧了他们寝室同学的被子！"

李问已经接受了他人生中第一次最终审判。

不久之前，他还局促不安地拿了母亲给他带的小山参去找姚主任。母亲特意嘱咐他说那个盒子太显眼，要他找个别的纸袋子放进去，李问翻来翻去找到之前在老王那儿买假名牌运动衣的一个包装袋——他没舍得扔。他提着那个印有三角形 logo 的黑色袋子去姚主任办公室的时候不停左顾右盼，生怕别人看到这黑袋子里装着的大红色的山参盒子。他对姚主任依然印象很好，在学校里的姚主任比上次吃饭的时候多罩了一件灰色西服，虽然是大夏天，但他办公室开着很大的冷气，这么穿应该也不会热。他把那个黑袋子放在姚主任办公桌上的时候，姚主任还是那种四平八稳的表情，和他说要好好上学。李问差点儿就要和姚主任说出自己正在旁听英语系的课，吞了口唾沫还是咽了回去，他瞥见办公室右边衣架下已经放了好几个像他手里拎着的这种方方正正的袋子。而他，就像童话书里那个需要挖洞才能吐露真言的放羊娃，世界对他们来说危险又模糊。

再来的时候，是体育系副主任老曹和他一起来的。李问其实没见过几次老曹，老曹体形敦实，头发油光发亮向后捆起，总是一副温吞的神情，据说原来是铁人三项的运动员。有几次集体训练的时候老曹出现过，李问总觉得老曹早已放弃了把他培养成一名运动员。老曹一见姚主任就说："姚主任，该怎么处置？"李问第一次在姚主任方正的脸上看出了懊恼，还有惊讶（如果他没辨认错的话，因为那神情很容易和恐惧混在一起）。

或者就是恐惧。不知道从什么时候开始，姚主任发现自己留在大学里的身份越来越像一个托儿所的保育员，这些大学生一年比一年个子更高，但也一年比一年更孩子气。他每年都会"通融"几个有需求的孩子：他们有的临场没有发挥好，有的进来之后说什么都要换专业，也有几个索性读到一半就退学出国了，这些孩子都有一个共同点——

他们第一次见他的时候，全都低着头躲在母亲和父亲身边，仿佛有一个巨大的阴影罩在他们头上迫使他们沉默不语。姚主任对李问印象很深，因为他长得确实像他父亲，但李问比他父亲似乎更白净一些。他和李问父亲曾经是大学同学，同学们说他是"混得最好"的那个，这让他对李问父亲早逝有一种必须要补偿些什么的感觉。在教育系统二十多年了，越往上走，姚主任越觉得他不是在做教育工作，而是在适当地将手中那点有限的权力重新进行施恩分配。李老师第一次带李问来请他吃饭的时候，姚主任总觉得这孩子的眼睛里有种说不出来的执拗，他当时想大概是因为失去父亲的关系，现在，姚主任凭直觉告诉自己，这股执拗下面一定隐藏着一种疯狂。他见多了这所大学里无数的暴力行为，也知道往往越是沉默寡言的人越能做出石破天惊的事，但李问这孩子竟然也这么做了。他只要一想起来他母亲的神情，就恨不得从来没有认识过这对母子，没揽过他们这桩事情。他也在别的父母脸上见过那样的神情，但是当时李老师的样子让他心里咯噔了一下，那是把全部生命和希望都放在自己孩子身上的咒念，不是希望，是噬魂。

"烧的那个被子是刘琛的，就是咱们特招来的那个打拳击的。"老曹补充了一句。

姚主任"噢"了一声，说："总有个缘由吧。我听说他俩有过争执？"

"也不能算争执，李问说刘琛给他灌过兴奋剂，但刘琛说没有。"

李问站在姚主任的桌子对面，老曹和姚主任当他是透明空气一样一问一答，仿佛在陈述一件没有他参与的事。李问说话了，像是说给自己听的，只不过声音大了些："他确实逼我吃了药。"

老曹和姚主任停住了。老曹看了他一眼。姚主任说："我这里就记录一个宿舍争执吧。年轻气盛，过激行为要不得。你们体育系得管好自己的学生，让别的系说闲话不好。"

李问听到了姚主任的话，他没听懂姚主任的意思——这件事是否就此结束？谁都不需要承担责任？他有一种预感，他知道一切没有终结，但终点却已经来了。

当天下午，他又去了姚主任办公室。他一直站在办公室外面，等里面一个鬈发女老师抱着一摞文件袋离开后才敲了敲门。姚主任其实早就看见他了，示意他进来后把门关上。李问用已经不属于自己的声音说道："我……我是不是去不了英语系了？"

姚主任一直盯着李问的眼睛，似乎在观察那簇又隐藏起来的疯狂火苗会不会再被点燃，然后缓慢地点了一下头。

李问觉得自己又开始颤抖，就像吃进了那种小药片一样。他没觉得自己做得对，但别人施加给他的恶行就这么被略过甚至被怀疑是否真的有发生过，这让他喉咙口又不断生出想要吞咽的感觉。他不停地用吞口水的小动作试图将这无力和恶心镇压下去，他看到姚主任出现了戒备的神情，听到姚主任说："你还是可以以体育管理专业毕业，这个专业能找到份好工作，你千万不能上瘾，那东西还是对身体不好……"

姚主任的话变得越来越遥远，过了大概一分钟，李问

157

终于用强制的吞咽镇压了自己的颤抖，他说："姚主任，您能不能先别和我母亲说？"他听到自己几乎不是在说话，而是在乞求。

后来他也忘了姚主任当时是否答应了他，他也无从判断，因为那天的一切对李问来说像一场梦游。或者即使姚主任答应了他，他们之间多了一个秘密，到毕业的时候，这脆弱的秘密也终将失去所有遮掩被恍然揭开。学校最终以一种掩盖丑闻的方式解决了这件事：琛哥被象征性地警告，然后就在第二年，他被派去参加大学生拳击赛并拿了冠军，再没人提起那些小药片的事；李问还留在体育系，只不过转去了体育管理专业，老师和同学都知道他就是那个烧别人被子的人。

他迫切需要离开这片充斥着火光和低语的深渊。只要一闭上眼睛，滚烫的高温和黑烟笼罩的恶臭就向他扑面而来，他在一片混沌里挣扎，母亲的脸从洞口浮出，一层层变化着，从慈祥到扭曲，从期望到绝望。他意识到，只有母亲消失，所有失望才会彻底不见。

"下周有好鱼了一定给我留着，我儿子放假回来了。"

李老师嘱咐着右边摊位卖水产的女人，她们俩年龄应该差不多，或者说看起来如此。李老师早就过了那种依靠表面去判断人年龄的阶段，她知道自己看起来就是这个年纪的样子，眼角有圈"井"字形的碎纹，头发得半年染一次来遮盖冒出的白色发根。她在这个城市认识的人也不多，来来回回绕不出附中家属院的半径，尤其李问上高中的时候，他姥爷去世了，她走动的范围就又缩小了一圈。

她上个月又去了师范大学后面的那个老天主教堂。其实她到现在也讲不出来天主教、基督教还有其他教派之间的区别，她认为自己信的是天上的那位，主能感应到她的心意。李问没上大学之前，她只去做过一两次教徒之间那种正式的礼拜，就在李问他爸走了的那个月。也是在那个月，她接过菜市场门口那些妇女手上的淡黄小册子，皈依了主。那一刹那，她觉得自己又找回了生活中早已消失不见的尊严，因为应许的荣耀总是在前方。她从来没和李问说起过这件事，没和他谈过信仰的事情，他们之间从不说这些，她没办法对李问坦诚这件事。她把《圣经》塞进床头柜里，也承认把《圣经》和存折放在一起绝对有那么些求保佑的意思。有时李老师也很怀疑自己是否真的是一个皈依了信仰的人——她不能在吃饭的时候牵起家人的手念出祷告词，只能在盛饭摆饭的那段时间里在自己心里默念主的荣光；她几乎不参加家庭教会和教堂礼拜，虽然她知道那个有些历史的老天主教堂走路二十分钟就能到；她也没有来往密切的教友，偶尔有那么几次在路上碰到他们，也只是像所有半熟半不熟的人那样点头致意一下。最让她觉得忐忑不安的是，她总是拿李问的事情求主实现，而不是求主庇护，这样的祈祷确实能够给予她某种神秘的力量，但同时也令她怀疑自己的信仰是否出于真心。偶尔，她怀疑自己对主的皈依是不是和上学那会儿看外国文学一样，又被浪漫陌生的神秘力量摄魂。李问上了大学之后，她还是保持了这种秘密的信仰习惯：所有动作和姿态几乎没有变化，除了周末多去了几次天主教堂之外，她还是在盛饭的时候默念祷告词。李老师甚至觉得秘密让信仰变得更加可触可感，让信仰在李问不知情的情况下化成她的力量、她的寄托、她的朋友，甚至她的情人。她记起皈依后第一次去正式做礼拜的时候，穿白色衬衣黑色外套的牧师和她说："你相信的时候，就能看到主。"

所以在李问发疯一样将她推倒的时候，她相信这一定是魔鬼附身，是她的劫难，主的受难。


火车进站的一瞬间，一阵困意向一晚上没睡的李问猛烈袭来，他从来没像现在一样这么放松地面对过他生长的城市。虽然和 M 城并不是隔着天南海北的距离，这座城市却因为过于熟悉的关系离他越来越远。李问只带了个双肩包和帆布行李包，他盘算好了，一旦在母亲那里快要露出破绽，他就借口说学校还有事情要提早返校。他刻意多装了几本英语书回来，这样看起来就像一切都没发生过。母亲穿着件豆绿色的中长棉服，头发应该是染过了，在出站口拥挤的人群里一眼就能望到她。一阵酸意涌来，李问第一次以这种方式观察母亲：他看得到她，她却一直在瞭望更远的地方。母亲在人群里随波逐流，忽左忽右，他耸起一侧的肩膀，往上提了提一直向下出溜的行李包，以一种谁也听不见的声音狠狠咒骂自己。他再次看到母亲的脸干瘪衰老下去，而他竟不能带她逃离这个蒸发了她所有梦想和时间的地方。人群推着他拥向前方，没有留给他任何停顿和喘息，他几乎是被推搡着来到了母亲面前。李老师缩回她伸出的手，恍惚间，她看到了小时候的李问，乖巧、总是咧嘴笑着的李问，然后一转眼，李问就长得比她还高，可以从上往下看她了。他好像瘦了一些，在学校肯定没吃好。

李问回到自己的卧室，连裤子都没换倒头就睡。不知道睡了多久，那种感觉又回来了，就是母亲在房门外面倾听一切的那种感觉，这其间，他确信自己闻到了红烧鱼的味道，那味道逐渐散去。他感到自己在对自己说要起来，但又昏沉沉地倒下继续睡了，他就像在枪林弹雨里用剩下的最后那点力量爬回战壕的士兵，只有睡在自己的床上才能让一切静止——什么都没发生，什么都不会发生。他刚刚察觉"家"是一个无色无味无声的实验器皿，在这里他闻不到其他的味道，和母亲长期以来的共同生活让他只记住了母亲的气味，并把那种气味当成了家的味道，一切别的味道，哪怕再生机盎然，对他来说也都是异味。他醒来的时候，已经是傍晚了，捂了一身汗，才发现母亲早就给他开了电热毯。他爬起来往厨房走去，母亲果然坐在餐桌边看手机，安静得似乎连呼吸声都听不到。从前是报纸，后来是手机，李问没有这个习惯，他也一向看不起母亲的这个习惯，在他的想法里，别人的新闻和他无关，他乐于接受任何被时代以及商业操纵的推送信息，哪怕是广告，他也能看得乐此不疲。李老师也从来不说她每天看到的新闻，那些和她的信仰一样，是李问无须分神关注的东西。

在她所有关于李问的未来设定里，从来没有"意外"发生。她相信道路一旦规定好，李问沿着路走下去就能走出这里，走到一个充满自由与爱的光明大道上。她确信这样李问一定能得到幸福，至于她，只要守在李问身边。每个人对自己的处境实际上一无所知，人死的时候不会有灵魂飘荡在曾经的生活周围。李老师从来没看到或听到过李问他爸的灵魂，即使在那个老天主教堂里，一次都没有。有一次她在里屋睡觉的时候迷迷糊糊中听到有"咯噔咯噔"的响动声——李问去 M 城之后，每天晚上她都要数着口诀，依次检查所有门窗、所有电源开关，她害怕在这个什么都没完成的中途遭遇不该有的意外，比如入室抢劫或者煤气泄漏。那天听到那"咯噔咯噔"的响声，黑暗中的她第一个反应是"这是不是李问他爸的灵魂"，但她没有动弹，因为那响声很快就过去了，她觉得有人推了门又马上走掉了，出于谨慎和直觉她还是纹丝未动，甚至刻意降低了自己的呼吸声，活人和灵魂比起来，还是活人可怕。第二天，家属院业委会的赵老师就来敲门了——赵老师是几年前从附中退休的语文老师，总梳着一成不变的圆形盘发，右眉中间的一颗黑痣让她几乎不转动的眼睛看起来更加紧凑，她有些咋咋呼呼，但李老师认为她是个好人。赵老师提醒李老师旁边那幢单元楼报警昨天晚上进小偷了，李老师和她说了昨天听到的"咯噔"声，说的时候才发现

164

自己脊背上一身冷汗。

　　每年快过年的那几天，是李问和母亲一起待在家里最长的一段时间，一直以来，他们放假开学的步调完全一致，谁都不拖沓、不抢先地把自己放置在家中的一角。母亲在客厅，李问在自己屋子里——他们保持一个空间下的和谐分离，越是这样，他们越不知道该说什么。李老师像一个定时的闹钟，只履行提醒李问吃饭、学习、睡觉的功能，而李问其实不知道自己在做什么，他并没有如愿建立起一个自己的专属世界，每到这时候，他就无比渴望开学，渴望钻进和他一样穿着校服的学生中间，仿佛只有这样他才能重获自由。这一次，他和母亲共处时更显得焦躁不安。

　　他们家的窗户没有一面是朝向大街马路的，窗户的前面是另一幢长得没有区别的住宅楼，再往前是学校操场。无论他在窗户面前站多久，那个想法都不能从他脑子里挥散消失。他把行李包里的刀子和火车票塞进了衣柜最深处，火车票上的日期自动倒数着：十天，八天，三天……他挑选的日期就像他挑选的目的地一样并没有经过精密盘算，他到现在都没明白自己为什么要走。他也想过，人死了就什么都没了，但母亲吆喝让他去找业委会赵老师拿年货的声音打断了他，让他觉得自己不能耗死在两桶油和两袋面上（母亲盘算着这些东西正好用来包年三十儿的饺子），那才什么都没了。

终于，当母亲把每天擦地的次数从一遍增加到了两遍的时候，李问已经被满屋子的消毒水味弄得心烦意乱。这味道让他想起父亲和姥爷的死亡。死亡就是猛然而来的衰败。突如其来的心慌让他双手攥满了汗，他第一次在 M 城以外的地方怀念那几颗小药片给他的加速感。他努力让自己在白天睡觉，晚上继续睡觉，以不休的睡眠来得到某种不被母亲察觉的快感，这让他知道，真正的愉悦都是偷来的。不知过了几天（可能也没有过几天），有个下午似乎来了一个他没见过的中年女人，李老师从她那儿领到了一本教会日历和一个木制十字架。这两样东西随后没在客厅或者厨房出现过，直到再后来那件事终于发生，李问才似乎隐隐约约窥探到了母亲一丝的秘密，但也就那么一瞬，他其实也没在意。

李问没数自己究竟连续几天没有出门（他也没什么同学朋友可以见），每一天都过得完全一样——吃饭，睡觉，睡觉，吃饭，除此之外，他似乎别无选择。然而他无法看到，母亲在那本教会日历上勤勤恳恳地打着对钩，每过一天就打一个对钩，她把这本日历放在自己床头，认为自己在新的一年快到来的这几天里终于感知到了主的某个暗示、某种推动。年前总是要走个礼节的，大姑不知道从哪里弄来了一套进口名牌化妆品，母亲这次倒是若有所思地收下了。她小心翼翼地、挨个儿把那几个金光闪闪的瓶瓶罐罐拿出来，又原封不动地搁进去；一边重新系好礼品袋上的蝴蝶结，一边念叨着说这东西拿得出手，要给姚主任寄过去。

那天早上他猛地一下就醒了，听到母亲在厨房里走来走去的脚步声，太轻了，轻得像这儿早春时候飘在空气里的那些白色柳絮一样麻烦，越轻的东西越缠人。终于到了，今天晚上八点就是他摆脱这脚步声的最后时刻，他必须做个决定。他可以找个借口——比如出去买桶酸奶，或者是去书店买本书——反正听起来都既反常又做作；他也可以找准时机，只需要一分钟，就可以夺门而出。就连中午吃饭的时候，他也在想着该用什么样的故事让自己脱身。他的心跳一直在加速，秘密出逃的计划让他振奋不已，那张车票在他牛仔裤的口袋里，他早上把它揣进去的，就在母亲的眼前。

他在为出逃故事编织的各种可能性中昏睡了过去，梦里面他看到北京的街道上都是年轻的男孩女孩，他们有着花一样的脸，说好听的北京话。他想学会那种腔调，那种母亲没有赐予他的腔调。下午五点的时候，他开始焦躁不安起来，他想索性就这么跑出去，母亲也拦不住他；或者他也可以用藏在衣柜里的那把刀子结束一切阻碍，没人找得到他，虽然他现在连拿起那把刀子的勇气都没有。然后他听到母亲给姚主任打电话的声音——对，上次和姚主任一起吃饭的时候，她也是这么说话的，卑微而谄媚。妈的，即使这样了，姚主任依然能够决定他们母子俩全部的命运。

这才是他的最终审判。"一切都完了，一切都晚了。"李问心里想，念咒语一样重复念着这句话，同时，他从没像现在这么平静沉默过。门外已经传来了母亲的脚步声，她就要进来了。

她的目光穿过他的脊背，没有受到任何干扰和阻隔。她看着眼前这个低着头的少年，开始怀疑自己从不曾了解他；她按照他能成为的最好的样子指引他，为他付出一切，但他还是按下了"意外"那个开关。一定是搞错了——她刚刚从姚主任电话里听到的事情一定是发生在别的孩子身上的，她的李问不可能做出这么疯狂邪恶的举动。然而当他微微转过头，一瞬间在他眼梢掠过的、那种报复得逞之后特有的得意使她不容置疑。李问此时认定自己一定是恶的，不可赦免的恶，摆脱了其他人对自己的施舍后完全自我掌控的恶。

他看到母亲进来了，她的嘴唇向下奋拉，呈现出一个山丘的形状，眼睛里一半恐惧一半疑惑。他推开屁股下面的那床被子，听到她似乎一直叫喊着什么，声音忽大忽小，忽远忽近。他听到自己的名字不断被母亲重复，仿佛倾听一个陌生人在重复和自己相同的姓名——"啥都没了！你原来是个多好的孩子呀！我们啥都没了！"他还听到母亲不断要求他回答。但此时，"好孩子"这个词语穿过点燃琛哥被子的那团火苗，从他也不知道的角落深处贯穿而入，他只是母亲的好孩子，这个事实让他绝望透顶。他什么都回答不了，他说不出来任何原因，他蓦地一下将身体垂落下去，比站着的母亲矮很多，一言不发。

李老师听不到李问的任何回应，她不了解这个孩子，他们之间的某条道路已经彻底坍塌，或者这条路从来就不曾存在，只是在"母与子"的名义下假装曾经畅通无阻。把李问送进 M 城大学是她的最后一搏，她还有十年就退休了，她盘算过，自己已经没有其他能量可以帮李问筑成那道金光闪闪的阶梯了。所有的一切都不堪一击，他们还是别人嘴里说的那对可怜的、相依为命的母子，但就连最后那层同情，她都提前透支使用掉了。姚主任刚才说的话里最让她震惊的是"李问烧了同学被子"这件事背后显露出的、她从没见过的一张陌生的脸。主从来没给过她这样凶险的警示，主答应过要庇护李问的。

"我还吃了兴奋剂。"李问让自己的陈述清晰庄重，他在这有限的陈述中替换掉了事情发生的原因，将被动性更改为了主动性，这让他听起来像个彻底的坏孩子，彻底离开母亲的成年人。他刻意边说边观察母亲的神情，不得不承认在这其中他得到了某种巨大的快感，原来恶只能被更主观的恶所消灭。快没时间了，索性让母亲觉得自己是个无可救药的孩子，一切也许就能到此为止了。他突然觉得，违背并打碎母亲对他的梦想这样的恶行变成了他成长的军功章，他不再是一个孩子。他站在深渊的边上，看着母亲向他挥来的拳头或拥抱（他分不清楚）下意识地将她推了出去。

"咚"的一声，母亲仰面倒了下去，地板上还残留着她上午刚擦过的消毒水的味道，像极了李问他爸的病床。她的头发挣脱了已经断掉的发绳，凌乱地披散着，像堆枯黄的稻草。"真难看。"——李问没法确定自己有没有说出来这几个字，他想像丢掉一袋垃圾那样把母亲丢在这里，任她就这样缩成一团。但母亲却开始哭泣和号叫，他觉得母亲的鼻涕和口水都沾在了他胳膊上，急速蔓延发臭。她的哭声变得刺耳难听：

"儿子！我只有你了啊！你怎么能这么对我……你是我的全部希望呀……"

后面的话李问已经听不清楚了，他不是母亲的希望。他抓起母亲的头发朝左边的墙上撞去，一下、一下、又一下。汗水和流出的血混杂而成一种奇怪的黏稠液体，完全糊住了母亲的脸。他停不下来——这撞击不断扭曲着母亲的脸，让她变得可恶又肮脏。她没有任何反抗，只有尿液不断从她下面流出来，仿佛只有彻底将她撞碎才能让这烦人的液体停下来，才能切割开他们之间的骨肉关系，他得用尽一切力量。他感到一阵阵反胃，耳朵发出嗡嗡的声音，像大哭过一场一样浑身瘫软，看着眼前这个麻袋一样瘫在地上的女人。他用力咬着自己的下嘴唇，直到嘴唇被自己咬破。

然后他只能看到自己了，在黑暗的屋子里别无他人。

他不知道自己是怎么赶上了晚上八点那班火车，这趟车连一半的人都没坐满。

他们俩都完了，最终审判彻底结束。他只记得在最后一点黑暗覆盖上来的时候，她似乎画了一个十字，从右肩到左肩，从上到下——她第一次在李问面前画了十字，她终于把他们俩都交给了主。他就像一只被明亮遗弃的鬼怪，而母亲最后的举动如同一道刺眼的光芒。他用列车上白色的被子蒙住自己的头，却还是觉得周围太亮，只有他一个人的呼吸和心跳。他像发了高烧一样躲在被子里浑身发抖，母亲死了，妈妈死了。

# 11

弹力球又在捉摸不透的时间里跳来跳去，一切都过去了，一切都还没发生，仿佛每一个举动既由自由意志引领，又由荒诞的意外决定。他在半梦半醒中看到母亲的尸体在他卧室的角落被风干成灰色的石头，他想到的是多年前和母亲一起看过的关于伊拉克战争的新闻——硝烟里人们就像腐败的食物一样被抬走，他们的脸出奇地一致，众人在侧，只有死者独行。

他记不清自己在母亲身边停了多久。她躺在那里，全身散发出一种活着的时候从来没过的光。她完全沉默的时候才是圣洁的。他想起了小时候有一次发烧，母亲守在床边一次次用毛巾给他擦身，从头到脚，一遍又一遍。他把自己滚烫的小手塞进母亲手里，那里就像柔软的大海一样安全，他什么都不用害怕。

"不是我，是她自己死了。"李问对自己说。

他穿过燥热憋闷的火车站。那么巨大的火车站就像被困在噩梦中没有出口的怪异旋涡。一到北京站，李问就被他还来不及看清长相甚至性别的人们往前推着走，向左、向右，或向前、向后，他就这样穿过不知道该怎么定义的地下通道和长得一模一样的地上大道，被推搡着。他只知道一件事，就是永远不要和在火车站里碰到的任何人搭讪：他们驾驶没有牌照的黑车会把你带到一个再也回不来的洞穴，或者把你塞进瞬间就能被蒸发掉的容器中。

他的银行卡里还有下个学期的学费，这些钱是他的全部了。他也没有行李，就一个黑色双肩包，乱七八糟塞了几样没什么用的东西。在他还没意识过来的时候，恐惧和负罪感早就支配了他，他在匆忙中抓走的是床上那个母亲亲手给他缝的荞麦皮枕头，和卫生间里的一把蓝色电动牙刷。好像他当时还跑进洗手间刷了个牙，扔掉了旁边母亲用的那把红色塑料牙刷——她总是这样，把好的留给他用。

李问绕了一大圈，发现自己还是在火车站附近。总是有睡觉的地方的，他挨着一家家找过去，专挑那些藏在小路深处看起来又脏又便宜的地方。明亮的酒店，哪怕是之前母亲带他住的那种连锁快捷酒店都让他觉得过于刺眼。他憋着一口气，看着那个就要睡着的大爷眼睛都不抬地扫了眼他的身份证，大爷说的是一口北京话，这又让他把憋着的气呼了出去；实际上，他几乎没顾得上观察大爷的脸，那台子上的宣传卡牌上画着一个大眼睛的民警，他总觉得民警会在下一秒从纸片里冲出来，把他抓回母亲身边，那个被他扔掉的没有呼吸的身体旁边——今天，那身体该腐烂了吧，像化肥一样转眼就能渗到地底里去。

李问坐在一百五十块钱一晚上的旅馆床上，周围真的进入静止状态：便宜的树脂桌子，白色圆盘塑料闹钟，扬在绿色纱窗前的灰尘。一股说不清的烟臭味，掩埋了昨天母亲在他身上留下的所有味道。后来他在那个胶囊一样的背光房间里再想起来这一切的时候，已经分不清当时自己在院里碰上赵老师的时候，究竟是想告诉她母亲死了，还是想告诉她他杀了母亲。他不停地在地上比画着闭合的圆形，就像母亲最后做出的手势——从右向左，从上向下。

他从旅馆里出来找东西吃的时候，虚弱不堪，身上的皮肤就像得了白化病一样苍白，他浑身没劲，这让他几乎忘记了母亲的死，他对自己说："别说话。"他刚才和小超市卖盒饭的女店员说话的时候，已经分辨不出自己的声音，他的嗓音和吐字在自己听来变得完全陌生，他感觉自己正在走入一个极空虚的自由世界。

那年一切都不正常。那段时间他没有给自己设定任何目标，也没有母亲的闹铃再提醒他究竟是几点钟。他昏天暗地地在这个小旅馆里睡觉，却没有几次真正进入深度睡眠：他感到自己也飘浮了起来，像个仰泳的人一样在空气里浮着，母亲、姥爷、父亲也和他一起飘浮，他们似乎比他更真实。他学会了用鼻腔呼出的热气测量自己的体温，就像他在长跑队用手腕测量自己的心率一样。

他相信有鬼魂，而且姥爷去世后的第二天他就确信自己在梦里看到了姥爷——他没看见他的脸，只有一个微微驼背的影子张了张嘴，他没听见姥爷说什么，也猜不出来他要说什么，他认定姥爷的话是被自己的意识打断了。他回避任何和自己家乡城市有关的消息（实际上也没什么消息出现），很快地，连母亲的魂魄也神秘消失了。在那之前，他大概一天之间能看到两次或三次母亲的魂魄，她没有样子、没有躯体，只有一束光，她来的时候李问知道。母亲活着的时候给自己设定了一成不变的起床时间，闹钟一响，她就关掉，然后再拉起那个塑料小开关开启无休止的循环。这几天里有那么一次，有个电话打来，虽然他早把手机调成了静音，但却随着那通电话的频率自觉醒了过来，接起来之后没有人说话，手机显示这是个"快递送餐"电话，他不可能叫什么快递，所以李问确信，母亲一定又在远处给他传递某种神秘信息。当他把那通电话挂掉的时候，他突然感觉到母亲消失了，她似乎又回到了能够让自己真正得到休息的地方。

还有那么几天，李问在吃掉了几盒泡面之后想起了郑小薇。

他有种暗自窃喜的扬扬自得，那是他在这段没日没夜的日子里唯一能想到的活着的女性。就在当天，所有人，包括姚主任，处理了李问的暴行（对他们来说，就仿佛那只是既定轨道里由于故障坏掉了一个交通灯，只需要用扳手把灯修好就行了），接下来只会进入长长的遗忘，被日常磨损的、没有任何意义的遗忘。

从姚主任办公室出来的第二天开始，宿舍里琛哥的床位就一直空着：他的电脑、被子和游戏机都不在了，只有桌子上凌乱的几瓶运动饮料，和皱起来露出床板的蓝色床垫纹丝不动。李问探了探头，运动饮料里的液体丝毫没有变化，即使被扔进垃圾桶也不会有任何变化。做饮料的原料除了防腐剂还是防腐剂，广告上却说这些东西能迅速补充电解质。有那么一次他回来找其他那几个人去吃火锅，李问不转头不说话，他们也就相安无事，看起来，他们已经在姚主任给出的解决方案里把彼此顺利地完全遗忘了。

李问不知道的是，一直到毕业，琛哥再也没回宿舍住过。

他再想起来郑小薇，就像是上个世纪发生过的事情一样。意外就像日常历史里的一段真空，再次折返的时候，日常继续以日常的方式前行，人们通常不往后看，人们只是把滞后的时间美化为历史，把历史遗忘为悼念。

那天从车站买完票，李问一出食堂就提了口气快步走往自习室，他没跑，这样看起来不至于太过彻底地暴露他所有的目的。这次他带出来了一本《体育管理学》，他现在已经被迫彻底成为一个体育生，比体育生还糟糕的是，一个体育管理专业的学生。他可以想象自己将要把成年的最好时光都贡献给某个居民小区的健身房，然后回到一模一样的家属楼里吃饭、睡觉、起床，他将终生无聊直到筋疲力尽，最后连说话都打结巴，胡子上可能还有一层让人讨厌的白色油脂。

食堂的粉汤在他的肚子里滚烫地翻腾，这些冒热气的食物，他得把它们排泄出去，一个不剩地，这样才好腾出空间让肠胃找回正常的秩序。他从厕所回来的时候，郑小微已经又坐到了之前那个座位上：她看起来没有任何变化，还是干瘪地瘦，两只眼睛挂在发黄的脸上，之前的马尾辫梳成了麻花辫，脑袋一晃一晃的。他觉得，整个教室里的人又在注视他了，他们又开始窃窃私语："就是他，他烧了别人的被子，现在要逃跑。"他很久之前挖的那个树洞又被他们刨开了，没关系，反正他会像个武士一样诀别，再也不回来了。他看到自己带着郑小微挺胸抬头离开了自习室。

当天晚上，他们找到了学校后面的小酒店，就在这个大学家属院再后面一条街。李问是第一次，他一直以为在这事上他和郑小微是对等的，这样的话自己也许看起来还熟练一些。他学着刚看来的网上指导，一上来就开始生硬地抚摸郑小微的后背和头，网上说这么做能安抚对方情绪获得进一步信任。郑小微按住了他的手，她把自己的T恤脱掉，咯咯笑了："你肯定是第一次。"李问没说话，他看到她的牙龈因为微微张开的嘴半露了出来，有种羞辱正在蚕食他。郑小微又拿起他的手，引导他在自己身上滑动："我敢说肯定是。"

那股羞辱让他的脸涨得通红，无数句话从李问脑子里闪过，但他什么也没说。他那被郑小微拉着的双手感到从来没有过的生机勃勃和骤然释放——她的皮肤不再像看起来那么干瘪，变得炽热而平滑；在这小酒店摇摇欲坠的灯光下，她的脸也不再发黄，她的动作和声音就像一个熟练的母亲引导孩子吃奶一样让他不得不完成接下来所有的动作。

完事后郑小微的身体迅速掉了下去，她黏腻的汗水沾在他皮肤上，手腕凸起的骨头把他硌得很不舒服。

郑小微的声音恢复了之前的有气无力：

"你来我们英语系听什么？"

"我喜欢这门语言。"

"我从小就不喜欢体育课，跑步的时候总感觉要猝死。"

"那是呼吸的问题，运动就是呼吸，跑步、打拳、踢球，都是。"

"我一直英语好，要是出去能当个英语老师挺好的。对了，你为什么要选体育专业？喜欢吗？"

"我烧了别人的被子。"

郑小微咯咯又笑了，她一定觉得李问在逗她玩，又在按网上那套所谓指导攻略开并不高明的玩笑。

从酒店出来的时候，李问没觉得刚才完成了一场成人仪式，他只感到异常饥饿和疲乏。他知道母亲在看，她从远处窥探着指引她儿子的另一个女人，和她共同拥有自己儿子的另一个女人。李问抓紧郑小微的手，他俩都需要小饭馆里的一顿早饭让自己完全苏醒。酒店旁边有家小饭馆，主顾都是些在外面过夜的学生情侣，或者来打一炮的网友，睡觉吃饭，在这马路的同一个半径内就完成了一条龙服务，大学附近多的是做这种生意的。早上的这个点，住校学生是不来这里的，所以即便在这里碰上什么认识的人，大家也都心知肚明，也就彼此保持沉默，互不干扰，互不扫兴。

　　他一口一个嚼着还冒热气的小笼包，就这么干吃，不蘸醋也不就汤，突然一抬头看见琛哥带着一个鬈发女孩推门进来，那女孩把自己整个儿靠在琛哥身上，面色潮红，一脸讨好。李问下意识把头低了低，但几乎在同一瞬间他又把脸抬了起来扭向琛哥，反正他不是一个人，他和郑小微（一个发育完全的女孩儿）一起。他和琛哥就这么对望着，像亚马孙大草原上两头等待时机的野牛。琛哥瞥见了郑小微，嘴角往上翻了一下，用洪亮的声音像是对李问说："老板，来六根油条两碗豆腐脑！打包，我们回家喝！"前一晚的羞辱感再次生起，李问吞下嘴里的包子，拿起郑小微面前的紫菜虾皮汤灌了一口。他被别的男性远远地抛在了成长跑道上，他仿佛看到他们散布在跑道每一个角落，一遍又一遍地说："你们知不知道？那是他第一次，他妈不让他和女孩睡觉……"

　　他看到郑小微这两天给他发了几条信息，就那么几条。

他没回复，他不知道究竟该和郑小薇说自己消失了，还是该和她说感谢她圆满帮他完成了自己的成人礼。信息上郑小薇说她爸爸给她在家乡找了个中学老师的工作，她毕业前就准备回去面试，她问他有没有想好毕业以后干什么。那一瞬间，他才发现自己无处可去，他逃到了北京，却连附中中学老师这么个职位都弄丢了。

于是有那么一周，他像个富家的花花子弟一样，不问世事——他憋在小旅馆里，只需要出去溜达一圈买个盒饭，床铺就被人叠好了。虽然这屋子总时不时泛出些经年累月的混合味道，各种各样的人留下来的那种，但谁都没出现过，他就像被外面的世界隔离了一样，无人打扰。他还买了台笔记本电脑，学会了网络游戏《王者联盟》，但是玩了三天就半途而废，这里全都是没完没了的升级和没有固定尽头的结局，他没那个耐心登上王者之巅。这段时间在他的记忆里是不可或缺又微不足道的弹簧拨片，是未来的一段幻境，也是过去的一场葬礼。

## 12

　　电竞选手闹神从来没在白天醒来过，但他住在拥有大阳台的那个朝阳的房间。碰到闹神，李问才第一次知道原来打游戏真的可以是一个职业。从他住进来以后，他们俩就没说过几句话。李问终于在三环边上一个购物中心的健身房里找到了份正经的前台工作。他的房间背阳，在这里他从没见过早上的太阳，他终于和母亲一样，用钟表上的刻度为自己重新规定了时间的概念。

　　他第一次从那个手游网站看到招租帖的时候，曾经心惊胆战地怀疑过这是不是一个拐卖陷阱，他从来没有像现在这样惧怕一个城市会把自己瞬间吞没，在无知无觉中。那个下午，他穿上健身房发的亮橙色宣传 T 恤，不知为什么，有宣传功效的东西总是艳色的，可能越鲜艳的东西造价越低廉。他拿了一沓宣传单，专门找到写着 901 号门牌的房子，门把手上塞满了各种各样的彩色纸片——外卖、健身、按摩，还有最小的几张卡片是找小姐的——原来哪里都一样，那种现代生活的外表被这些纸片一击即碎，迅速暴露的是庸俗和无趣。李问按了很久的门铃，记不清有多久，终于有人开了门。他第一次见闹神，觉得这个人瘦得像只猴子，眼睛下面是一层鼓起的黑眼圈，不知道他多久没睡了，也不知道他多久没醒了。

李问搬进去之后，他俩谁都没提过第一次见面这档子事，李问甚至怀疑闹神根本没发现那个装作发宣传单的人就是他。他只能用这么个拙劣的办法来确保自己的安全。

三室一厅的屋子，闹神占了其中两间，李问住了背阳的那间。他猜闹神把这个房间租出去肯定是因为背阳的关系，可他始终也没想清楚有没有阳光对于闹神来说究竟有什么区别。总的来说，闹神是个好室友，他想，闹神大概也觉得他是个好室友，尽管他们俩通过交谈了解到的关于对方的信息少得可怜。

"你是做什么的？"

"健身指导。"

"你是做什么的？"

"游戏选手。"

在这为数不多的对话里，李问没说真话。在北京，年费一万五以上的健身房里的教练净是从美国、英国回来的，要不就是北体大、首体大现届往届的一大堆毕业生。其实他们也不把自己叫作健身教练，他们名为"私人健身指导"，如此一叫，迅速把他们做的一切事情科学化专业化了，似乎只有这样才能取得这座城市的信任。李问判断，闹神说的是实话，他有种不知从哪儿来的判断依据：游戏玩得好的人更值得信任一些（这个逻辑既幼稚又粗暴），毕竟，他们早就和现实世界做了隔离。

闹神打的游戏就是他那段时间半途而废的《王者联盟》。他们在白天很难碰上，在晚上也很难碰上。李问白天准时准点九点四十五分出门，出了小区穿过两个小巷，经过一家美甲店、美发店和沙县小吃店，他算了算，走路十五分钟正好就能到达购物中心的后门。这条路径有时和他记忆里中学时走去学校的路叠加在一起，仿佛这两条路指向的都是同一条路。

到了第二个月的时候，李问才逐渐扩大了自己的半径，这是一个不太容易精准寻找到地上交通工具的地方——在他成长的城市，他和母亲总是坐公交车，虽然大多数时候他们根本不需要什么交通工具；在 M 城，他要么在校园里活动，要么就绕着学校四周来来回回；在北京，他仿佛突然变成了只能在黑暗洞穴活动的蝙蝠，在那间不见光的房间里是这样，在没有自然照明的购物中心健身房里是这样，在不上班的局促时间里乘坐地铁的时候也是这样——人工照明没有停歇地日夜普照着他，只剩从小区到购物中心的那段路程提醒他，他还是个阳光下的动物。

这么说来，闹神和李问确实是难得的室友。李问终于碰上了能和他共处一个空间，又完全像透明介质一般存在的人，他们是一种人，他们只需要去适应自己的生活。他们在对方的白天或是对方的晚上出没规律而没有声息，就连上厕所都不用争抢：闹神自己的卧室里还有一个卫生间，所以外面那个卫生间其实完全属于李问。闹神和李问从来没有任何朋友来过这里，但李问总是像在大学时候那样，把洗脸刷牙和洗澡的东西都放在一个塑料小篮子里，就像他只是个寄宿在这里的过夜客一样。他也确实是。

李问陆陆续续在几个健身房待过，离开一家毫不费劲就很快能找到下一家。姚主任说的是实话，体育管理这个专业确实好找工作。他在网上买身份证的时候把毕业证书也一起买了。他犹豫了很久，假身份证上是不是该另外换一个名字，但他还是把假的和真的混到了一块儿——他确实想拥有一个毕业证书，想以"李问"的身份在北京开始他新的模拟人生。他暗暗较劲，和旅馆前台那个大眼睛的卡通民警。他去结账的时候发现自己完全不敢转头，哪怕低着头都能感觉到那个卡通人的眼神正在穿透他。

这些健身房不是叫"飞扬国际"就是"飞腾国际"什么的（反正总得和昂扬向上沾边），在他们看来，一个看上去老实可靠又拿着本科毕业证书的人是抢手货。李问被健身房分配过前台、销售、健身顾问甚至私人教练的岗位。他很快就学会了怎样让那些成天泡在这里的男人和女人相信自己——他推销各种蛋白粉给浑身肌肉肿得像鸡蛋一样的男人们；对穿紧身裤的女人们说要多练臀部才能让线条更好看；时不时找些话夸他们看起来状态更好了。人们都一样，不管男人女人，他们都孤独得要命。然后他又学会了观察所有女人里"最有机会"的那几个，他和她们上床，把她们带到三百块钱一晚上的快捷酒店，他几乎无法记得自己到底是从什么时候开始走上了这条路，但无疑，在这群孤独的人中间，他用健身房的工资逐渐锻造出了一个标准的、在其中游刃有余的经验值进度。

其实，在搬来和闹神合租的头一周的某一天，他瞒着健身房里的人——反正也没有什么人留意他到底在干什么，悄无声息地走进健身房楼上那层的留学机构，大致问了问申请美国的学校需要多少花费，得知他所有的积蓄也只够一笔留学申请咨询费。他瞬间宽恕了自己，就像他准备去银行开张新卡（隶属地在北京的）的时候，才发现自己必须身披隐身衣，不能被任何人发现。那张曾经属于李问的银行卡已经快要分文不剩，而现在的"李问"连办理银行卡的权利都没有。他捏着被电脑分配好的数字，坐在没有任何特征的金属联排椅子上，银行里到处都张贴着自家产品的广告，他往上数了数，原来还有"贵宾卡"、"白金卡"和"黑金卡"几个级别。叫到了"21号"，和他手里捏着的数字一样，他听到广播里连播了三遍"21号"，然后把手里的数字条捏成一团塞进裤兜里，离开了银行。

李问很快学会了喝酒，他凭着对味觉的敏感区分酒和酒之间的差别，他最喜欢喝XO。来健身房的女人们有时把他带着一起去唱歌或者去酒吧，他就趁着这些场合去记录每一种喝到的味道，每次他借着看不清的光线辨认酒瓶的信息和形状的时候，这些女人就笑话他像个好好学习的学生，什么都没见过。他也不置可否地对她们笑笑，他知道没人真正在乎这些无聊的细节和他的蠢样子，这些酒的价钱就和她们买私教课的价钱一样不说谎，一分钱一分货。

只有陈小姐不一样。

陈小姐长着圆圆的脸，是那种圆得没有任何突出线条的脸，她来健身房的时候李问故意猜错了她的年纪，因为这个陈小姐买了他十节私教课，他知道任何人都喜欢无伤大雅的谎言，她说他涨红脸的样子看起来特别值得信赖。那是李问第一次知道，原来一个女人脸上的光滑可能并不来自青春，而来自她们对自己的爱护和钱的喂养：陈小姐快四十岁了，但她脸上连一丝褶皱都没有，平滑得就像一个水晶球，闪闪发光。第一天上课，陈小姐就告诉他自己很不喜欢一切大汗淋漓的运动，让李问给她做做筋膜按摩和伸展训练就可以了。李问见过不少这样的女人，面对她们，他不需要像个无趣的体育教练似的真要指导她们练出肌肉和体能，他只需要像个活动的发条士兵，抚摸她们，动作轻柔无旁骛，神态到位，她们很快就能满意。陈小姐的肩膀和腿上几乎没有一丝结块的肌肉，像云一样又轻又软，他第一次觉得在快捷酒店三百块钱的房间里和这样的女人上床是暴殄天物。他注意到陈小姐跟在他后面进房间的时候，一定也闻到了这种酒店除不掉的潮味，她眉毛动了一下，也就那么一下。后来几次再见陈小姐，都是在她订的丽晶酒店，那是李问第一次真正见识北京的五星级酒店——这里的房间没有潮味，房间和大堂熏着统一的香，半夜打个电话酒和吃的就能送到房间里。陈小姐教他喝干邑，她说："只有喝大家喝不懂的酒，最好别是那么流行的，别人才知道你的重要性。"

他第一次喝 XO 就呛得不停咳嗽，随后马上用他单纯的嗅觉找到了这种酒里特殊的木头和水果香气。面对陈小姐，他感到从来没有过的自在，包括当着她的面把可乐混在 XO 里——他完全不懂她生活里的那些东西，但她几乎是手把手地带着他去一点点触摸。和陈小姐在一起的时候，李问觉得自己是个孩子，但没有任何羞辱感。他已经学会了把酒含在嘴里待一会儿，而不是一口咽下去（越贵的酒，越要多含一会儿）；他开始跳过酒给他带来的眩晕感，借助一点飘起的力量感受和女人之间的完全释放。他看到自己又来到了很多年前《模拟人生》游戏里的那个世界，站在蛋壳外面的空间窥视摩天高楼里的那个虚拟"李问"，他想，很快就要来了，他愿意一辈子在丽晶酒店柔软的床单上等着陈小姐。

然后没过多久的一天晚上，陈小姐说她要出去了，"他在国外给我买了个房，说让我住过去"。李问不知道陈小姐说的"他"是谁，他就像瞬间受到了某种感召，或是那个虚拟"李问"对他发出了邀请，他说："我一直也想出去，去看看。"他边说，边在心里抽自己耳光，他知道这时候说这样的话几乎是一个未成年小男孩给自己失败的恋情所能找到的最龌龊的逞能借口。

陈小姐不抽烟，但她直勾勾盯着他看，就像需要寻找一根烟："你真想去？"李问郑重地点了点头。随后，陈小姐再也没来找过他。她离开房间的时候说："我们以后肯定碰不到了，虽然这几乎是不可能发生的万分之一，如果万一碰到了，你一定要装作从来没和我认识过。"

陈小姐离开北京之后的第二个星期天开始，李问发明了一个秘密游戏。他迷上了从某一站坐上地铁，没有目的没有方向地一直坐下去，有时他会跟紧一个在地铁上偶尔看到的人，男人或女人，老人或学生，他跟着他们换乘到另一条线，然后再坐上地铁往前，或后退，他也分不清楚。渐渐地，这游戏从半天持续到了整整一天，从星期天的首班地铁到最末一班地铁。有时他都觉得自己无聊。

在地铁上，他和女人们的那种瞬时化学反应似乎被什么东西消除了，她们看不到他，他也看不到她们。他在一个星期天又坐上了地铁，星期天的首班地铁无论从附近的哪一站上去，几乎都是有座位的。到中午的时候，地铁里的人逐渐多了起来，过道里也开始站满了人。一个穿白衬衣背了黑色双肩包的年轻男人站在他面前，李问看着他总觉得很熟悉，但又没想起来为什么熟悉。这个男人从旁边人的空隙里把自己的右手抽出来，手里拿着一本书，和李问当时从大学图书馆借出来的那本一模一样，是一本深绿色封面的、老版本的《爱伦·坡短篇小说集》。李问终于记起来这熟悉来自何处。又过了三站，男人下车了。他估摸了一下时间，空气飘浮的方向告诉他，她们就要来了。

如果在这之前他没有换到别的线上，一点左右的时候一定会遇上她们。那是两个女人，一个头上包了一块卷成发带的蓝花布头巾，并不好看，她的头发半白半黑，提前透露了她曾经有过的辛劳生活，她说不流利的中文，李问猜她是韩国人，北京的这一带有很多韩国人；另一个一副大学生的样子，脸是奇特的正方形，眼睛小得就像是被缝在脸上的两道线，戴一副黑色边的圆框眼镜，看起来有些呆板胆怯。她们俩像时间到了就一定会从音乐盒里跑出来的木头娃娃，每周都重复着一样的流程和动作：从站立着人群的过道中间飘来，仿佛两边的拥挤和她们毫无关系，她们各自背一个白色帆布包，上面印着天蓝色的"互助会"字样；接下来她们会轻柔地给每个被选中的人（随机地）

派发帆布袋里的薄册子，如果有人接过，她们就微笑示意，如果有人拒绝，她们也微笑示意，整个过程中不发一言。

第一次她们过来的时候就把册子发在了李问手上，李问有那么一瞬间被她俩诚恳的眼神搞得有点蒙，心中升腾起一阵被选中的莫名得意，但他并没有接过那些册子。接下来每周这个时间当她们再来的时候，李问就赶紧闭上眼睛，把手往胸前一抱，像个疲惫至极的上班族，装作对地铁上发生的一切都没兴趣。但这次，李问还没来得及从前面那个年轻男人那儿回过神来，她们就来了。戴眼镜的"大学生"又一次把册子发在李问手上，那眼睛里的光李问也曾见过，他想起来，那就是母亲被他推倒在地的那个瞬间发出的光芒。"大学生"见李问接过了这个册子，就向他微笑致意，他是无数人中的一个，可能同路，也可能白费力气。很短暂的一秒钟，李问觉得自己完全参透了母亲的秘密——她是她们中的一个，原来她早已接受了她们的感召。

那天晚上回到住处，闹神刚刚吃过外卖准备开始他的一天。李问紧紧抓着那个册子，虔诚地把它扔进了餐厅的垃圾桶，里面已经堆上了刚扔掉的外卖盒，神圣的册页与盒子里的汤汁奇妙地混在一起，然后他又从垃圾桶里把册子捡了出来，抖掉了上面的汤汁。他要竭力把自己从日常垒成的沙丘里挖出来，从地铁与五星级酒店组成的幻梦里刨出来——他打开手机，尝试用几个关键词在淘宝网上搜索，就像层层拨开蜘蛛网一样。在这个神奇的网站上总能拨出来想要的东西，他只需要在跳出来的斑斓结果里挑出对眼的那个，就像地铁上的"大学生"挑出了他一样，反正这片虚拟世界上由网络连接造就的关系从不和现实同在一片阳光下。

七天之后，李问又收到了另外一张定制毕业证书。他迫不及待地拿到台灯下对比了蓝色封皮和钢印纸张，完全一样。姚主任一定没有想到，他既拥有了 M 城大学体育管理专业的学位，还拥有了英语专业的毕业证书，虽然这张证书还冒着廉价的油墨味道，亟待晾干。

钟医生第一次给出这么明确的建议。罗老师确实没有想到，她原本以为钟医生和裴医生属于一类人，就是那种不轻易提出建议的人，尤其是涉及人为打破平衡的建议。她确实犹豫了两三天，她已经维持住了生活的某种平衡：赵阿姨的沉默，钟医生的稳定，还有裴医生的和谐，他们像最牢固的三角形一样包围着她和速为，在这样的稳定性中，她想不出再来一个人会怎么样。她不在乎多一个人可能带来的"积极效果"（钟医生是这么说的），她在乎的是完全稳定。

速为还在学芭蕾的时候，他中学的同桌是一个中日混血的小女孩，长得就像日本京都旅游商店摆出来的和服娃娃，连乌黑的齐刘海都一样。她们这些家长如果在放学接孩子时碰上了，总会聊几句，虽然大多数时候她们不会站在校门口。对，她们几乎全都是孩子的妈妈。罗老师有一次办完事顺道过来接速为的时候，到得稍微早了一些，她让当时的年轻秘书把车停在学校旁边一个巨大的公共停车场，那里总是停满了各种光亮闪耀的名牌车，鳞次栉比排列在一起，像极了各种展销会上才能看到的场景。罗老师顺眼看过去，孩子的妈妈们和她们的车一样排列整齐，几个同她差不多身材的女人挎着鳄鱼皮做出的方形包，戴着侧边镶钻的墨镜，挺胸抬头朝学校的方向走去，她们的展示比车还要直接。之前开家长会的时候她见过那个小女孩的妈妈，是个白皙的中国女人，有一双末梢上扬的桃花眼，她俩很快就认出了对方。小女孩的妈妈告诉她，她给叶子（还是别的什么名字）请了法语老师、钢琴老师、美术老师来家里上课。

"现在外面乱，还是把老师请回家来安全。我每天看各种各样的报道担心死了。"

"生女儿就会这样，操不完的心。速为跟着芭蕾舞团的老师上课，没啥问题。"

"反正我只有看着她在家里才放心，这想想以后还得把她送出国，就不知道该怎么办……"

罗老师朝女孩的妈妈笑笑，既像看着她，又像是往旁边瞥了一眼。女孩妈妈说的问题她担心过，她一直都担心，一个孩子瞬间的消失——这样的想象对她来说一直是噩梦，她现在还会在漆黑的夜里从这样的梦中惊醒。速为出来了，他和那个中日混血的小女孩一起出来了，他们俩似乎一直都相处得不错，罗老师想，以后还会有漂亮的女孩子跟着速为回家来。速为走在小女孩身旁，看起来比她更白，罗老师刚给他买的马球衫显得他的脖子挺拔而修长，走路已经开始有些外八字了，在五点的夕阳照耀下，他看起来像一只优雅的白天鹅。"是一个芭蕾王子。"罗老师想。她猜自己放心让速为去跟着芭蕾舞团老师上课就是因为教他的潘老师曾经是跳王子的首席。她承认，自己对所有芭蕾舞专业演员都有种没尺度的信任，她觉得他们都是"好人"；或者，在她看不到的内心混响里，她着魔一样羡慕着这些能够多年保持同一个尺寸舞台服装的职业舞者。

嫁给陈先生之前，罗老师判断人只有一个标准——是好人，是坏人。那是从她父母那里轻易就继承来的面对这个世界的方式。她父母都是二炮军工厂的，父亲在厂里工会，母亲在保健所当护士。在她的印象里，父亲是个又高又瘦、长着鹰钩鼻的英俊男人，厂里的人总说她和父亲长得像，尤其是好看的五官。她记得，父亲总是吹着口哨每晚六点整回家，她一直不知道父亲吹的是什么曲子。后来她把父亲的骨灰盒移到他们那里最贵的天云山墓地的时候，把能找到的有邓丽君曲子的老磁带全买了回来，摆在父亲的墓地前面。她始终相信，父亲吹的一定是邓丽君的某一首曲子，因为她母亲像邓丽君一样笑起来甜得发齁，一笑眼睛就弯成了两个月牙儿。她有时从艺校溜回家就会跑去保健所，那儿的人们都认识她，说她将来一定是个大明星，她从他们那里既能讨来虚荣的赞美，还能讨来一些零嘴，其实她从来也不怎么吃那些东西，她把那些糖果花生拿回家，一直搁在客厅桌子上的一个大玻璃碗里。在她看来，这就是她的荣誉勋章，她得接过来攒起来。

艺校每天都会称体重，严厉监督这群少女绝对不能发胖，一旦摄取糖分，处在发育期的少女是绝瞒不过老师的，少女们会一夜之间长出丰满的胸部和圆圆的屁股。后来罗老师和陈先生度蜜月的时候去莫斯科大剧院一起看过一场芭蕾演出，她发现自己在漆黑的剧场里想着的是晚上回酒店穿哪一套睡衣好。当时，她突然知道了芭蕾舞演员为什么不能长胖——丰满会让那些舞蹈动作看起来情欲重重，清瘦带来的虚无缥缈在身体的欲望面前一定溃不成军。所以当她想起母亲那副和她的笑一样甜腻的身体时，她就觉得莫名恶心。即使在母亲离开他们之后，父亲还是说母亲是个好人，带她走的那个会计主任也是个好人。但她知道，母亲的那副好看丰满的身体就是原罪。父亲后来总是带一瓶便宜的酒回家，他也不抽烟，闷不吭声坐在那儿一喝就是一晚上。便宜的酒精最终摧毁了父亲的肝脏，他六十岁的时候死于急性肝中毒，他死的那天，罗老师刚去北京歌舞团报到。她现在承认，自己在艺校时期的厌食症不光是练芭蕾的孩子的通病，实际上，她深深惧怕自己会长出像母亲一样充满曲线的身体。那时候，她每天临睡前都要脱光衣服站在卫生间的镜子前，浑身上下摸一遍，诅咒自己不要再发育。父亲就在旁边的厨房里喝酒，当她发现自己的胸部开始越来越胀大的时候，每次进卫生间都悄悄锁上了门。

现在，她的体形越来越像她记忆中的母亲了，尤其前几年她回老家，在给父亲看新墓地的时候，她梦到了年轻的母亲，和临死前骨瘦如柴的父亲。据说天云山是这个北方城市古代的龙脉，前几任市长找风水大师来看过，随后就把一半的山开发成了旅游区，把另一半开发成了这城市最贵的墓地，听说这么做既能养这里的阴福，还不挡领导的官运。罗老师说不上来自己到底信不信风水先生们的话。

"这地方靠着山脊，又有大树遮阴，是个好睡处。"天云山的风水先生给她父亲看了一块地方，她觉得，风水先生这次倒说得有些道理。当天下午，她就付了全款，花四十五万给父亲的骨灰盒买了一个"好睡处"。厂里的那些人听说这件事后，纷纷说："小罗真给她爹长脸。""好人终于有了个安稳的归宿。"

如果让罗老师现在来判断，她不知道是否还能把父亲划为"好人"行列，他每晚喝酒后的眼神像幽灵一样。她只知道后来父亲因为总处于意识不清和麻痹状态被工会劝了早早退休，那时父亲就像一个黑色死神一样游荡在家里，身上只有酒精的味道和反胃的绝望。她不得不早早就考了歌舞团，离开困在厂里的家。虽然刚到歌舞团的第一天，那些冰凉的上下铺行军床和化了妆的女孩子差点让她以为自己被拐卖进了某个卖淫集团。

在北京这个城市待到现在，被圈养在拥有人工湖的低密度别墅区，和这城市挑出来的百分之一的人群待到现在，罗老师差不多已经忘记了"好人"和"坏人"的简单标准。她常常惊讶于自己越来越快的遗忘速度——比如有那么几年，她住在舞团的福利宿舍里，她们那个小区只有不到五栋单元楼，每栋楼不超过四层，楼道里贴满了风一吹就要破的小广告，还停着经常堵道的各种自行车。穿过这里再走几步，对面就是四十层高的人寿保险大厦，还有一个看起来干干净净的绿色玻璃住宅小区，叫盛世华庭之类的名字。陈先生刚开始和她谈恋爱的时候，罗老师总是要他把车停在盛世华庭小区门口，她要求他先开车离开，目送他把那辆黑色奥迪开走后，她才慢慢穿过人寿保险大厦走回自己的小区，她们小区那磨得已经看不出颜色的铁门上挂着一块木牌子，上面写着"机动车禁止入内"。

"这应该是个好老师。"罗老师在小区管家服务处看到李问的简历时这么想。她也知道"管家服务处"这个名字听起来多么荒谬，这里无非也就是帮业主雇保姆、挑家教之类的中间环节，也就是收罗来一堆人口档案，让罗老师这样的业主们看两眼，从中挑选出来觉得能用的人。

"这个李老师英语专业毕业，还有体育管理专业的学位，我们见过他本人，很阳光，感觉确实是那种孩子喜欢的老师。"管理处的一个中年女"管家"告诉罗老师。

"这年头呀，到家里来的还是得找个健康阳光的。"

# 13

　　关于健身房，李问最不喜欢的一点就是他得成天穿同一套运动衣上班，冬天是长袖的，夏天是短袖的，配套的运动裤从冬天到夏天一模一样，忘了洗的话总能憋出一股馊味。他能想到这么打扮的人只有穿校服的中学生。刚拆封的塑料味——有时他会从健身房发的工作服上闻到这个熟悉的味道，和在那条黑暗小巷里推车摆摊的老王卖的衣服一个味儿。后来，那家他最后待的健身房，终于给他发了没有塑料味的工作服，他穿过这个国产运动品牌的衣服，还是中学时母亲买给他的，母亲总说老厂子的东西质量过硬，所以他可以迅速辨认出真正棉质品的气味。李问明白了，北京是一个连不起来的块状沼泽地，没有共生土壤，人们被分割被异化被区别，被看不见的块状漂浮物粘住，一头向下，一头向上，万劫不复。他把没有塑料味的工作服脱下装起来，他给自己准备了一个帆布袋，而不再背之前的双肩包了。帆布袋看起来没有阶级，这是他从最后那家健身房里学到的，他想成为来来往往出入这里的年轻男人中的一员，穿着时髦的衬衣走进来，把运动衣藏进肩膀上背着的帆布袋或者运动包里。直到申请离职的那一天，他也没见着健身房的老板，据说他是这幢商场老板的儿子，刚从美国留学回来，因为喜欢运动所以开了这么一家号称北京最贵的健身房。在他听不到的记忆深处，弹力球在某个弯道回弹了无数遍，使他产生对健身房老板的某种奇特的好奇，似乎只有见到他，才可以反射回来验证去了美国的水生，才能解开中学时代被水生掩藏起来的关于他是谁的秘密。他告诉自己，水生和健身房的老板才能成为好朋友，他们才是一种人。

和他想的一样，闹神丝毫没察觉他的变化。除了不再穿健身房发的运动衣（虽然他还是留下了那套没有塑料味的运动套装），运动鞋换成了一双在网上买的翻毛棕色皮鞋，李问还去小区里的理发店理了个碎平头，这样既不像原来的圆寸那样显得过于运动，又给额头留了个呼吸的空间。家里客厅的五斗柜上摆了一张母亲和他的合照，照片里七岁的李问留着厚厚的刘海，母亲也是厚厚的刘海，母亲说他遗传了她的头发，又黑又硬。七岁之前都是母亲给他剪头发，母亲说理发店的师傅动作太愣怕弄疼他，每到这时候母亲就变得特别温柔，身上还有一股好闻的洗发水香味。小时候的李问也摸索着找到了一种力道：正好够他揪几根头发下来，又不至于弄疼自己。他以为每天这么揪掉些头发，总有一天头发会变得又薄又软，虽然他现在无比怀念的是母亲抱他时那些蹭来蹭去扎着他皮肤的厚厚的黑头发。直到现在，他头发的生长速度还是奇快无比，不知从哪一天开始，他再也不留那种遮挡自己前额的发型了，至少不要让他想起五斗柜上的照片。那天他跑去赶火车的最后一秒里把那张照片面朝下放倒在了柜子上。

在健身房的时候他就觉得有人在看他。其实那些来找他的健身会员和那些来前台咨询的人根本记不住他的脸，只要脱了那身运动工作服，他就能把自己成功隐匿在杂乱的人群中。陈小姐之后，他陆续又和两三个女人上过床，次数不多也不少，他们之间仅止于此，没人大惊小怪也没人长吁短叹，似乎"健身"以外的另一个隐匿意义就是生理冲动。那家"北京最贵的"健身房规定即使在没有课的情况下，教练也必须在训练场地，让会员们随时都能找得到。一天的十个小时里，他总觉得有无数双不知道从哪里来的眼睛在看他，看他躲在这些像刑具一样的器械中，看他穿梭在这些永不止息的男男女女中。然后是购物中心下面的地下通道，打包外卖的小饭店，发出轰鸣的地铁，一直有人在看他。得在彻底完蛋之前把自己藏起来，他想。

至少现在不用再像在健身房那样每天准时准点重复同样的动作，家教工作对李问来说极具创造性，至少在刚开始是这样的。在健身房的前台后面，他只能从服装和长相猜测，有时甚至编造人们的故事；家教是一个入侵式的角色，他通过这个角色侵入他从来没想过的家庭、人物和他们的故事里。其中没有任何一个人想主动和他说些什么真实的话，他去的小区越来越远，房子越来越大，听到的回音也越来越空。"对付像他们这样的人，"他想，也不清楚此刻想法中的"他们"究竟又是谁，"最好的方式就是别多嘴。"

他开始试着把这些孩子的学习内容编排成一出表演，其中穿插一些小小的运动伎俩，比如几个开合跳，几个平板撑，几个俯身登山……他知道，急促的呼吸总能给任何静止状态带来变化。最开始接受他这套的是一个满脸青春痘的矮个子男孩，李问已经忘掉了他的名字，能记得的是他妈妈总叫他的英文名 Sam 什么的，这也是李问第一次跑到五环外去上课。即使坐地铁到往北延伸的最后一站，他也还需要打车三十分钟才能去到那里，所以男孩的妈妈每次总要给他多加两百块钱，算是来回的打车钱。后来，男孩的妈妈就把他介绍给了另一个女孩的妈妈，然后是另一个男孩的妈妈，另一个女孩的妈妈——他几乎不再给住在五环以里的孩子们上课了，他想，大概是这些五环以外的孩子太寂寞，所以他们的妈妈才需要他来施展这些体育小伎俩。他还是认不清北京的路，那些路总是在最诡异的地方消失，在耸立的高楼大厦之间突然就凹陷出一片平房大棚，在富人区里莫名又插入一整个贫民区，或是在你以为到了尽头的荒郊野岭处又显现出高傲堂皇的别墅区。有几次，他以为自己见到了海市蜃楼，后来才发现原来这些地方都长得差不多，就像成长在别墅里的孩子一样，他们都一样安静、骄傲、封闭、小心翼翼。

这些孩子和他们的母亲无比信任他，却没有一个人质问他是谁，没有一个人怀疑他究竟是不是身份证上的那个李问。于是，他感到自己又再次回到了巨大的沉默中，沉默像镰刀一样又沉又重。最令他沮丧的是，他失去了曾经在"地铁漫游者"游戏中感到的巨大、无稽的乐趣——没有任何人出来阻拦他继续（这也可能成了阻拦本身）之前的游戏，但他已经彻头彻尾变得和所有乘坐地铁的人们一样，大家坐上地铁只是为了到达某个明确的目的地。某天傍晚，在地铁里完全辨认不出已经傍晚的时候，他走出地铁闸口，前面有五六个人停下来围成了一小圈，大部分的人流从他们身边匆匆而过，偶尔有几个好事者伸长脖子张望那么几秒钟。"我们不是传销，我们只是在唤醒大家。"李问肯定自己听过这个声音，他走快了几步，看到了之前给他发册子的戴眼镜的女孩和那个包蓝花布的女人，才反应过来，又到周末循环的那个时间了。她们旁边站着两个头戴檐帽、身穿藏蓝衬衫制服的男人，李问特意看了一眼他们的制服，原来北京还有个交通执法大队，那一刻，他才反应过来：这座庞大的城市里，随时出入着执法者们，他们总是在他看不到的地方像鹰一样盘旋，等待最准确的时机降落。那两个人说话带很重的北京口音："确实有人和我们反映情况，我们也确实看到你们给人发宣传册了，跟我们走一趟，你们也别害怕。"李问顾不上再看一眼女孩和包蓝花布的女人，所有的执法制服都让他心惊胆战，他害怕那两个男人就要跨越崭新的栏杆过来抓他，他怕他们后面还埋伏着另一个穿警察制服的人。他低头近乎小跑一样走开的时候（他也不能真的跑起来），才反应过来，那时他被包裹在拥挤的人群里，根本没人注意他是谁。当天晚上，李问就翻出来那个小册子，特意把揉皱的地方压平整了，他第一次真心实意地把那小册子从头到尾读了一遍，觉得自己受到了某种保护——

"主会降临在那些被压制、被反对的人们身边，告诉他们一切苦难都是享福。"


确实还有一个穿藏蓝色（近乎黑色）制服的老警察藏在后面。老王（对，还是一个叫老王的人）是来找人的，他总觉得刚才看到了那个人。当他试着再确认的时候，蜂拥而上的又一拨人流打散了他的视线。这站总是这样的，这片西边是拆迁户，东边是开发区，他们派出所正好在这中间。这个老王是这片儿派出所的副所长，密云人。北京奥运会之前忙着抓各种喝酒打架闹事儿的，奥运会之后城里大兴土木，他就一直和拆迁户打持久战。随着一片片有钱的、青年的、梦想的社区盖起来，他们派出所逐渐成了一个被遗忘的保安处——小案子给新来的年轻人，大案子总和他们擦肩而过，再大的案子就再往上继续移交。他也成了所里的老人，按资排辈当了副所长，啥都没见长，倒是自己那手红烧肉做得越来越得心应手。老王爱人在廊坊大学城当老师，一周才能回来一次，老王怕耽误闺女吃饭才学了几手"硬菜"。去年闺女考上了南边的大学，送她上飞机前，老王手上端了一盒红烧肉，想着让她去了不要想家，结果闺女硬是不拿，说带上飞机嫌丢人，说去南边上学就是为了离家远一些。

于是这一年老王学会了玩《王者联盟》。他们派出所加上他和老所长一共五个人，有时还有两三个刚从学校毕业的实习民警。值班办公室的角落里还放着奥运会时候发的电视（那个电视品牌的创始人去年跑美国躲起来了），现在早没人看这玩意儿了，也就所长偶尔愿意招呼着一起看看足球什么的，大家也就意思一下，每次散去后就只剩所长一个人端着还没来得及冲开的泡面坐着。就连他，到了晚上值班的时候也学会拿出 iPad 搜寻可以陪伴他消磨时间的内容，看了就忘，第二天什么也记不住。虽然这一年更多时候，老王的手机被《王者联盟》的交锋烧得机芯滚烫，他还是一如既往开着 iPad，让那些他本来就记不住的内容充个背景音，才能把晚上的时间蒙混过去。

还有不到半年就退休，到了他这个年龄，大家不是麻木不仁就是折腾离婚，只有他跟在时间后面跌跌撞撞，不甘心，想着一定要完成个什么事儿。

本来是想看闹神怎么使用《王者联盟》新出的操作。这个选手话不多，但给出的招数操作很实用，老王就是靠看他的直播才学会了这个游戏，他不怕跟着年轻人学，他怕总有一天年轻人变得和他一样了。那天直播才看一半老王就关掉了手机，然后从厨房堆着的几个箱子里抽出来一瓶北京啤酒，他爱喝啤酒，只认这一个牌子。人年龄大了啤酒只喝半瓶就胀肚，老王酝酿着想打一个嗝却怎么也打不出来，老王想，自己真是老了，老人都这么不利索。

在从警前几年老王也喜欢研究研究犯罪心理，从他爱人工作的大学图书馆借来些推理小说看，在他的设想里，自己的前途至少会像松本清张笔下认真工作就有收获的警探们一样。他知道什么"俄狄浦斯情结""安提戈涅情结""斯德哥尔摩情结"这些术语，推理小说里不总是这一套嘛，每个死亡似乎都要和一个密闭的病变心理挂在一起，这样才显得谋杀是有情节的。但真实世界里超过一半的案件都是意外和激动杀人，或者宁愿被先决判定为意外。

"再去试试别的地方吧，可我总觉得就在这片儿。"老王和自己喃喃说着。他一个人过来的，也没什么确切的理由让城管帮忙找人，他们还忙着抓那些发教会传单的人呢。以老王的经验来看，年轻人来到北京，无论他干什么，总得经过这站。

速为是第一个和李问说话的别墅里的孩子。其他的孩子，他们把李问看成他们母亲的延伸物，无论听他们背诵英语还是带他们做那些不明所以的运动，他们都认为李问和自己的母亲是一伙的，都代表着那股不断推动他们、催促他们往前走的永不停止的不明力量。

一片漆黑中，速为背对李问而坐。北京不是一个潮湿的城市，但在这一刻，整个屋子里所有的水汽似乎都裹挟着极小的颗粒变成某种人们看不见的晶体，这里的气味翻腾着显示出记忆的双重性——李问从中嗅到一股极为熟悉的气味，这气味此刻竟令他怀念，是那种家里只有女性主宰一切的雌性汗腺气味。他几乎是一瞬间就嗅出了雄性动物的缺失和从属。还有一种东西，任何人只要接近速为的领地立即就能辨认出来，这里几乎常年缺少通风和光照，那些在屋子里蒸腾的水蒸气不知道已经循环了多少次从气到水，再从水到气的把戏。

"你好，我是李问。你的新老师。"

速为仍然没把头转过来，也没有丝毫要转过头来的意思。李问犹豫着要不要再重复一次刚才的话，却发现一阵像星星一样闪烁的光线——这漆黑中唯一刺眼的亮光来自速为面前的屏幕，他看到了曾经熟悉的 PS2 游戏装置。这块屏幕极薄极大，彰显了飞驰发展的科技急于去创造一个和真实世界大小一致的平行世界的决心，但它下面这台黑色的游戏装置就像一个极文明的生物拖了一条来自清朝的长辫子一样，奇特而且缓慢。这种游戏方式现在已经没有多少人再提起了，人们更倾向于联网游戏——重复简单的逻辑，然后把这套逻辑延伸到越来越复杂、越来越无尽的虚拟交际世界；而游戏装置和屏幕的连接代表的是一个停滞的帝国，在这里一定有一个像小说一样必定会到来的结尾，这里没有人和人的交际，甚至不需发一言，游戏里的灵魂们便能心领神会。

李问终于想起来，自己也是相信过游戏里有灵魂的，不然他不会给曾经《模拟人生》里的那个人物模型起名叫"李问"。眼前这个到现在还没看清长相的男孩坐在黑暗洞穴唯一的亮光处，他四肢修长，虽然拱着脊背，肩膀却始终保持在同一水平面，像极了一位全副武装的武士，或者是一只硬壳的甲虫，一动不动趴在冰凉的大理石地面上。这个男孩召唤出光速一般的白色死灵，疯狂却有序地攻击着屏幕里那个红色眼睛、红色身体的恶魔：那东西头上长满了邪恶的触角，通身发出死亡的红光，眼睛直勾勾盯着速为，像要彻底把他席卷带走。

在速为操控的白色死灵给出最后一击的时候，恶魔往无限延伸的地底钻了下去，音响里低沉的声音在怒吼："Revenge（复仇）！"几乎在同一时间，速为把头转了过来，他对李问说：

"这是 Diablo，永远打不死的暗黑破坏神。"

李问试图在速为脸上寻找一种神情，他开始怀疑那双眼睛里被掩盖的光亮究竟是罗老师在楼下对他说的"自我封闭"，还是他从来没见过的绝对纯粹——这两样东西看起来很容易被混淆，因为它们都有接近临界值的某种疯狂。

李问说："我想它是你的朋友。"

速为既看着他，又不在看他，他没回答他，而是说："你不是新老师。没有老师来过我们家，只有医生。妈妈说我们只需要医生。"

后来李问发现，那几乎是速为和他说过的最长的句子之一。速为就像是个知道自己岁数将尽的年迈老人，精密计算着吐纳的次数和说话的字数，他一般用点头或摇头表示自己的态度，更多时候不发一言，但他的眼睛始终保持睁开。即使在进入《暗黑破坏神》的世界时，他的眼睛也始终在黑暗中保持睁开。

李问不需要真正教速为什么，罗老师和他说别让速为整天坐着就行，她担心那巨大的电子屏幕会毁掉速为的眼睛——他理解就是别让速为出什么事，他从罗老师光滑的脸上理解到的就是这个。于是李问开始给速为念一些东西，他从网上书店买了一批"经典读物"，这几乎不费什么劲，互联网的智能推荐早就给你准备好了一大串通过数据计算得来的书目，它们被精密地集合在一箩筐里，让人一网打尽。他还买了一些英文书，大部分是文学，不包括诗歌，诗歌里总是有很多他不认识的字眼，他嫌麻烦，也不愿把书标注得那么满，毕竟他的毕业证书上写着"英语专业"。后来他发现，无论他念什么，中文或英文，侦探小说或意识流，恐怖故事或历史传奇，速为永远是一副表情——他低着头似乎全神贯注地在听，但全身上下又游离出一种陌生感。李问经常念着念着就会停下来，只有他一个人的声音在这空荡荡的房子里回荡的时候，那声音听起来像是别人的。他每隔一个半小时就带速为起身活动一下，晃晃肩膀或者抻抻腿，每天下午还有半个小时的健身时间，他给速为设计了一些俯卧撑、原地跳之类的动作，让他的血液快速从脚底流冲全身。后来他发现，这些动作对速为并没有起到太多兴奋的作用，因为速为的筋骨很软，抻腿的时候笔直柔软得丝毫不费力气，他几乎可以确定速为是一个专业舞者，因为他身上没有运动员那种固执，有的是被培养出来的舞蹈演员特有的疏离——身体语言有时比说话可靠多了，这是速为从他短短的私教经验里总结出来的真理。但罗老师嘱咐过他不要提跳舞，虽然在他看来，速为早就从他的眼神里看出了一切。他了解这些别墅里的母亲，她们绝不说一句废话，如果在她们要求你沉默的时候你生出了好奇心，那她们一定会把你击倒，片甲不留。

　　日常在这个房子里是凝固的。李问小心翼翼执行着罗

223

老师的嘱咐，包括那个地下室。其实白天当罗老师和赵阿姨离开之后，只有他和速为两个人在这里，他们俩被困在这里，停止了生长。李问一点都不反感这种感觉，这里缓慢的停滞状态反而让他变得无比放松，速为给他带来了一种陌生的安全感，仿佛这孩子的存在隔绝了那些躲藏在暗中让他提心吊胆的眼睛。有时半下午最困顿的时候，李问还能在客厅的白色沙发上睡上那么一小会儿，虽然白色真皮经常粘着他的皮肤发出"吱吱"的声响。速为从不睡午觉，其实他也不在前半夜睡觉，这是李问后来从那支录音笔里面知道的，那里面的时间总是停留在凌晨两点钟。

速为从不关心这个房子里还有什么。在李问看来，这房子太大了。罗老师说他们可以使用二楼那套影音系统播放电影，但是有一次他对速为提起这件事的时候，速为蹙紧了眉毛。再后来的某天晚上，罗老师带他进去看一个叫《低俗小说》的电影，她说是一个演话剧的朋友推荐的，他和罗老师一起陷入影音室那只柔软的沙发时，中间的玻璃茶几上还放着加了冰块的苏格兰单麦威士忌，在电影看到四分之三的时候，他差点以为自己是这个家的男主人。

他认为速为一定感觉到了他的背叛，速为一定闻到过无数和他妈妈一起走进那间影音室、走进她卧室的年轻男人的气味，现在他也成了这些男人中的一个。钟医生说速为的病就像河道上自愿流放的一只小船，小船只能顺着河道的力量走，除此之外来自谁的任何外力都是无用的；从另一方面来说，小船只有在河道里才是安全的，"他早拒绝了成长"。李问仿佛在一个山谷里崎岖延伸的河道间看到自己，也在奋力划一只小船，无论他划得是快还是慢，小船都不急不缓地顺水流而行，完全不由他控制。他没有意识到，速为和 Diablo 的关系正映射在他和速为身上，或者这意识已经将他笼罩得彻彻底底，无处遁形。

他最开始无法理解，速为总是能找到暗黑世界里的路，尤其是他听到速为在那个小黑盒里说他其实看不见，他看不见屏幕中间究竟有什么，他看不见虚拟的花和草，也看不见那些庞大建筑物的表面，它们总是矗立在正中央。但速为知道怎么走，在其中迷路的永远是李问。这游戏一旦两个人玩，另一个人就无法独自前行，每次李问操纵的光明祭司都被卡在血腥迷宫的沼泽里动弹不得，都是速为返回把他解救出来。李问也没想到，速为的死灵法师在抓到他手的时候居然说出了："我不想一个人。"他看到，游戏里他们彼此相望，站在沸腾的熔岩边上待了好久，或者也只是一分钟，他们谁都没动，但李问把头转向了速为，速为依然盯着屏幕，仿佛已和熔岩合为一体。这次，李问操纵的光明祭司先往前跑去，很快就遇上了那个能把人变成石头的蛇发女妖，接着速为的死灵法师马上赶来了。李问才明白，原来速为一直都在和他说话。速为根本不需要看清屏幕上到底有什么，他永远能找到李问。

如果他从来不知道真相能够长成的形状，或许他会义无反顾地扑向罗老师所讲述的真相。讲述经常并不可靠，尤其当叙事者面对面口述一个故事的时候，这力量远不如通过被录制和播放的故事来得更能让人信任。

李问有某种预感，他知道从这个女人这里，他不会听到和他的已知重合的真相，虽然他这样做丝毫不会减轻他对速为的内疚感。真正让他感到恐慌的是，这内疚感并不来自他爬进了速为妈妈的卧室，而是他找到了速为的故事。或许，速为故意释放出了这个诱饵，把录音笔放在他一定能找到的位置，而他就像已经被猎物气息所迷惑的小兽，不顾一切扑向了重叠的秘密深渊。

他耳朵里那个小人每次跳出来和他说"要完蛋"的时候，他就看到希望和绝望交织在一起，蛊惑着停滞不前的他再往前迈一步。或许是速为和罗老师给了他一种假象，让他以为此刻的他也和速为一样处在人为制造的"绝对安全"之中。活见鬼，都不管了——李问决定用速为的秘密去威胁她，这是他唯一能让自己彻底隐身在这里的机会。

"我他妈真和她一样卑鄙。"——那天他一口气喝空了两罐可乐，罗老师家的冰箱里也就只能找出两罐可乐，她和速为平常不喝这样的东西，她们那个阶层的通病就是尽可能避免食用一切让人打嗝放屁的东西，李问没告诉过罗老师他曾经把可乐混在 XO 里面，他知道这些人喝酒的时候不混任何东西，混合会让他们显得没有见识；他小心翼翼试图在罗老师面前呈现出自己是个喝过酒的成年人，他记得罗老师当时歪了一下嘴角，有瞧不起也有扬扬自得。

自从他开始进出罗老师的卧室之后，李问发现自己才是这个家里隐藏的幽灵，也只有留到了晚上，他才知道原来每周给速为洗澡的人是赵阿姨。罗老师从不在速为睡觉或是换衣服的时候进他的房间，罗老师每次都会敲三次门，这是李问曾经渴望母亲能做到的，但现在他却觉得这敲门声冰冷无比。

不是冰冷，是胆怯。

在罗老师叙述的故事里，速为如同只能开一天的花。

"你知道，那些女孩怎么对待他，"罗老师的身体微微发颤，又马上止住了，她的眼神没有向更远的地方飘去，而是盯着永远不落灰尘的地面，"她们学他的动作，嘲笑他，说男孩不应该像女孩那样摆动身体。"

如果不是他听过了速为的录音笔，他几乎就要相信罗老师所说的一切，至少他觉得，此时的罗老师看起来太像一个母亲，这时候，她身上的腥臭味就消失不见了，只有他很久很久之前就熟悉了的香气——

　　速为是芭蕾班上唯一的男孩，我们周围的人没有愿意把儿子送去学芭蕾的，他们宁愿孩子从小学习高尔夫或者马术。速为天生对身体旋律有独特的记忆，他喜欢展示自己和女孩一样柔韧挺拔的四肢，就像他们芭蕾老师说的，其他人在摸索舞蹈是什么，但速为一上来就和舞蹈合成一体。潘老师有很多年没见过有天赋的男舞者了，这是潘老师的原话。大部分打算走专业道路的男孩都是为了在舞团好找工作，有份稳定的工资，舞团从来稀缺的都是男舞者。像速为这么纯粹的，以及像我这么目的明确的家长，潘老师简直如获至宝，他知道只有这样才有希望培养出一个完美的芭蕾舞者。潘老师也和我提过很多次，索性就把速为转到他们舞团当个好苗子直接培养，我一直没同意，我想让速为在那个顶尖中学再多待两年，到了高中再走。其实我还动过小心思，想让速为适应一下芭蕾舞团的生活就把他送去英国芭蕾舞学校学舞蹈，在我的想象里，速为要成为的是那种留在芭蕾教科书上的史诗人物。我差点忘记了，或者是漏在了我的考虑之外，越是顶尖的团体，越是年轻的学生，越要面对封闭和嘲笑，那对于他们来说就是一场火热的斗争。他们在背后说速为"娘娘腔"，他们看不惯速为走路时微昂的头和轻盈的脚步，他们还说他跳舞的时候穿的肯定是女孩的丝袜。然后女孩们就在旁边肆意地笑，辱骂并且拆毁一切超越性别的美感。

"我要保护他，"罗老师说，"而他，已经把自己封闭在了成长的真空中，你想，他用了多大的力量才能让自己停止跳舞。"

李问就要相信罗老师所说的一切了，他已经分辨不清这段叙述里哪些是真的、哪些是假的。罗老师说要保护速为，他想起来了，这就像母亲临死前用手比画出来的形状一样发自肺腑。这些母亲，她们绝不容忍自己的孩子被放逐，但她们的保护将让孩子背负荆棘，但同时，只要她们活着，她们的孩子也就只能附着她们之上保持存活。李问几乎是故意地，把自己的所有表情调整到了一种令人绝望的程度："你说的不是真的。"

罗老师终于抬起头来，她直勾勾盯了他好半天，她早就从老陈那里学会了这样去窥探对手的虚实，还带有一丁点恫吓。不是因为她真的相信李问知道速为变成这样的真正原因，而是她此刻愿意相信李问已经洞悉一切。她在给李问讲完速为的故事之后，虽然其中有谎言，但她感到轻松无比。这么多年了，没有一个人愿意逼近真相，即使是裴医生和钟医生，即使是陈先生，他们只把真相看作一种客观的病理原因。她知道李问自从当上她的贴身秘书之后，对速为总有种异常的愧疚，她从李问眼睛里看到了一种莫名其妙的投射，她总觉得李问把自己和速为合而为一了。

李问又说了一遍："我猜你说的不是真的。速为已经废了，但你可能不知道我做梦都想成为速为。"

"他眼睛不行了。"

罗老师突然把眼睛移去了一边，那里只有一个银色的金属花瓶，她的语气听起来有一种宿命的气息，然后她缓缓地接着说：

"你能和我说说你的故事吗？"

在罗老师一个又一个埋起来的记忆里，她的耻辱和绝望滚烫得像恶魔身边的火舌，她有时甚至怀疑，速为游戏里那个在生死之间无尽复活的巨大红色魔王，就是缠绕她的没有止境的恶魔。现在李问一步步在逼近她的秘密，但她的直觉告诉她，这个年轻男人可能和她是一类人——他们保护速为，是出于苟且偷生而不是深明大义。

"我确实可以告诉你。"

实际上，李问决定不把真相（他自己的故事和他知道的速为的故事）对罗老师说出，他知道这已经足够了。卑鄙，他觉得这时候的自己比烧琛哥被子的时候还要卑鄙。

# 14

　　刺热的光芒之后是新生，罗老师知道。从陈先生失踪之后，她就被会所里皮肤永远亮得像灯泡一样的太太们推荐了光照手术，这么多年了，她怎么也记不住手术的名字到底是HTP56还是HTP65。那个推车机器长得很像大街上清洁垃圾的扫地机，当它发出"轰轰"的声音时，她的脸就像被太阳最灼热的内核温度烧着一样刺痛，她的眼睛被戴上了一层黑色的软质眼罩，她看不见那道光，但那道光让她重获新生。她每隔三个月就会来做一次光照手术，操作手术的温医生是个说话和缓的女医生，不管第几次来，温医生给她戴上眼罩的时候总是会说："千万不要动，这光可能会把眼睛弄瞎。"

温医生还会给她递去一个手掌大小的绿色硅胶球，如果在光照过程中觉得忍受不了的时候，就捏一捏这个球。这个像玩具球一样的东西真的释放了整个过程中所有的压力——罗老师躺在舒服的手术床上（这里总布置得像太太们的茶室一样），疼痛临界点到来的时候，她就捏手上的硅胶球，每当这时，她总是想起小区里被圈养的各种毛色好看的狗，这些狗的嘴里或者爪子里也有这么个硅胶球，一样的大小，一样的颜色。看来人和狗对付疼痛和欲望的方式是一样的：狗用球缓解自己的饥饿，人用球缓解自己的欲望。反正只需要忍受半个小时，罗老师的脸又会光洁如新。有时她都忘了记自己的年龄，那有什么关系，时间像流水，只要有顺流就一定能逆流。

李问把车钥匙还给她已经两天了，她有种预感，是陈先生失踪后的那种感觉。其实距离这次光照手术的时间还有一个月，罗老师还是打电话咨询了温医生，温医生说来吧，反正做这么一次也不会加速或者延缓整个疗程的时间，逆转皮肤的年龄是个终身治疗。

温医生嘱咐这次做完手术，要在家冰敷两天，还给她拿了一个面具一样的冰袋。不知道是不是提前了一个月，罗老师总觉得这次做完，脸上特别地滚烫发热。速为今天有些反常，他下来和她打了个招呼，看到她戴着冰袋面具的脸，他的神情也没什么变化。她其实并不确定这孩子对她的秘密和生活知道多少。速为上芭蕾班的时候，她告诉他爸爸在海的那一边工作，很快就回来；后来她告诉他爸爸失踪了。她发现，"失踪"是和陈先生有关的最绝妙的词语，这里面包含了沉默、未知、悲观、可能和消失。

但这次，她有些犹豫，不知道是不是该用同样的词语解释李问的离开，至少她和陈先生达成了共识，而她不认为那天她和李问达成了什么利益一致的交易。直到现在，她也不确信李问到底知道了多少真相，在她学会的无数重要事实里，她相信如果一个人因为接近秘密的中心而索取到了一些回报，那秘密在这人那里至少是安全的，很多时候，贪婪的人远远没那么可怕。那天李问对她抖搂了一个模糊的故事，让她想起自己刚来北京时的样子——他们把身份证藏在包里的隐秘角落，就是想切断和身份证上所属地相连的一切记忆，那些街道的名字总是一下子就把他们打回满是陷阱的泥泞小路，让他们动弹不得。她看到李问赤身裸体地站着，躲避漏进来的刺目阳光，他说想成为速为，是因为无处可去。罗老师觉得她和李问才是一路人，李问想钻进她给速为造出的完美蛋壳里，知道那才是解决一切惶恐和未知的唯一办法。

她甚至想起前些天李问最后一次过来的时候，有个老警察正问起她之前院子里那个坠楼孩子的事儿。她记得老警察有着他们那个年代的人特有的眼神，就是不管多么没有结果的例行工作，都认真盯着你眼睛看的那种。她还记得当时老警察也问了李问一句，李问好像说了个"不知道"，声音低得几不可闻，她觉得李问当时微微打了个寒战，但她不能确定那是不是自己的想象。罗老师的直觉让她极度警惕，她开始害怕这个年轻人平常外表下所掩藏的某种疯狂，怕这会将速为彻底湮没。她心惊胆战，甚至又检查了一遍所有的门窗，确定是关上的。

　　整整一个晚上，她都躺在客厅的沙发上等脸上的温度降下来，从天花板里反射出的那个自己就像是另外一个人，这给了她另外一个思考时间，她想，自己迷恋光洁的皮肤，但却讨厌少女，尤其是自己也曾是少女这样的事实已经让她越来越绝望，她想不通，为什么男性对青春的渴求可以转化在少年身上，而女性却只能绝望地通过憎恨青春来幻想自己的时间永不逝去。

　　陈先生还没离开的时候，物业曾推荐过一个十八岁的姑娘小娟来家做事，虽然那时候罗老师还不需要依靠光照来维持自己的脸，但她看着小娟的朝气蓬勃心里总是奇怪地发酸，小娟那旺盛的生命力就像咒语一样令人联想起某种母鹿一样的繁衍力。她不是那种随便找个理由就把保姆辞退的人，她在某些时候比生来就是这个阶层的人要隐忍豁达很多。终于她等来了，在一个炎热的下午，小娟和她说自己刚试了测孕棒，她怀了那个当饭店经理的男朋友的孩子，她决定打掉这孩子。罗老师见过一次小娟的那个男朋友，有一次在二楼窗户边她看见他送小娟回来——"他不爱她，他的手摸的是她健硕的屁股而不是她的手"，罗老师断定这个把头顶抿得发油的年轻男人总有一天会抛弃小娟。于是，当天下午，罗老师拉着小娟的手，带她去了附近的一个私立诊所，她特意为这个姑娘选了"无痛"的那种，她在等待厅里等了大概十五分钟，有护士来和她说"做好了"。她安排小娟在诊所住了三天，付了所有的费用，包括送小娟回老家的那张火车票钱，她犹豫了一下，最终还是让陈先生的秘书给她订了硬卧票。

小娟走的时候，罗老师和她说："回去就找个好人家先嫁了吧，别再受人骗了。"小姑娘还哭着不停感谢罗老师，对她来说，在诊所住的那三天就是她从未经历过的酒店之旅，有吃有喝有人伺候。她最终带走了一个"罗老师是个好人"的故事。之后，罗老师找保姆的时候一定会多说一句"要个年龄大些，结过婚生过孩子的"。

孩子们的消失就是这么一刹那。小娟做流产手术的时候，罗老师没有去看她的任何片子，只要想起来那个可怜的孩子可能连形状都没有就被人取走了（像扔掉的鸡蛋一样），她就能感到自己的胃里有什么东西在翻腾。在她还没来得及察觉的时候，她就变成了这样一个人。

在陈先生之前，她没有任何恋爱经验，但她知道男人的生理反应是什么样的，这在他们舞团一点儿也不稀奇：男舞者托举女舞者，或者女舞者在男舞者的双手间做挥鞭转的时候，她们总能感受到那东西在胀大并和她们发生摩擦，而他们需要做的就是习以为常，最后无动于衷，再往后，他们的身体不是身体，只是承载舞蹈的神圣器物。速为快十岁的时候，她曾站在舞蹈教室后面的玻璃门外观察了好久，这孩子好像天生就是为舞蹈而生的，没有任何生理迹象表明他那方面成熟了，她一直在提心吊胆着，因为她听说了太多十几岁的孩子被宣判无法成为职业舞者的故事——哪怕再努力，只要你在青春期有了过于宽大的盆骨或是过于圆润的胸，只要你显示出了健康的雄性或雌性的生理特征，这辈子就和芭蕾舞台无缘了。或者作为速为的母亲，罗老师宁愿让他永远停留在成熟前夕的虚拟神圣阶段，在这一段旅途里速为不能作为一个少年，而必须作为一个注定将要伟大的舞者活着。现在，一切又都停下来了，停滞带来的不是新生，而是像黑暗寂静洞穴里所潜伏的无数看不见的蝙蝠，只要一点点亮光就能聚集黑压压的一片，让人魂飞魄散。

每到周末，一排打扮得像去参加葬礼一样的人悄无声息地从草坪中间的空地走过，他们在白色衬衫外面再罩一件黑色外套，庄重肃穆；跟在大人后面的孩子们尤其慎重地对待自己迈出去的步子，外国孩子的脚长得又尖又长，这让他们看起来每走一步就像要用双脚磕绊一下自己。"他们又要去唱上帝之歌了。"陈先生站在窗户前面，对老宋说。老宋一点儿也不老，他看起来就和窗外那个队伍里倒数第四个年轻男人那样，二十五岁，或者差一年二十五岁。

陈先生和老宋在波士顿这栋一百平方米的公寓里生活已经快五年了，老宋说他住不惯太大的房子，空荡荡的房子会让他觉得周围空气中满是游离乱窜的不明因子，他对一切透明的生命体都感到恐惧。这个公寓住得越久，陈先生越感到一种与生俱来的舒适——他和老宋常常一个人在客厅，一个人在餐厅，各读一本书，或者更经常地，陈先生只是像现在一样看着窗外。他发现，受欢迎的教堂要么在富人区，要么在种族复杂的贫民区，上帝对人们一视同仁。这个社区的白人对他和老宋很友好，因为他们彼此之间也不需要什么过多的来往，在所有必要和不必要的价值观分歧之外，保持距离才是稳定友好关系的重要前提。当时选择这个公寓，陈先生承认，其中有一大部分原因是因为房产中介和他说这里绝大多数居民都是旁边哈佛大学的教授和科研人员。在公寓之外，这些白人叫他们 Chris 和 Song，他们有时发不好"Song"这个音，于是听起来就像是在叫"Sam"。老宋也叫他 Chris，叫着叫着他几乎也就忘了自己的名字究竟是什么。

裴医生给陈先生打来电话的时候，老宋正和他讨论着网络上一个关注度很高的案件，那群朝教堂行进的人刚从窗户框里走过，队尾的一个人手里捧着一束白花。

"真是想不到，就在北街 21 号，离我们就隔一条街。据说那个小女孩被发现的时候，还穿着芭蕾舞裙。"

"哦，真想不到。"陈先生一边往咖啡里加糖加奶，一边重复着，但他肩膀微微耸起，明显有些紧张，老宋说的某个点触到了他早已埋葬起来的一段故事。

"听说那个诱拐犯是哈佛人类学的博士，我从来都没见过这个人。报道里说大家都觉得他是个腼腆胆小的人，没人能想到他会做这种事，不过万幸的是，女孩还活着，她不停敲打地下室管道的声音还是被听到了……"老宋试图更准确地向陈先生转述这起只隔了一条街的犯罪事件。这时候从公寓里看出去，社区里的那片公共草坪依然被孩子们占领，他们在阳光下抬起自己的小脸，睫毛上堆积了所有的光亮，也许他们并不知道他们中的一员曾经失踪，被关在黑暗腐臭的地下室里，距离天国只差那么一步。

"孩子们总是这样，他们对伤害自己的人总有奇怪的亲近感。"陈先生用小勺挑起一匙奶沫，他几乎把所有注意力都用来分辨眼前这些肥皂泡一样的白沫，却发现自己的眼睛越来越模糊。他们家有遗传的眼病，父亲死前双目失明，爷爷死前也是双目失明，他知道，自己也会有那么一天，速为也会有那么一天。他接着说，像是只说给自己："那些人似乎比我们更善于倾听孩子们说话。"

"哎，你的电话，这个时间，应该是裴医生吧。"

老宋把电话递给他，就下楼扔垃圾去了。老宋知道裴医生每周除了记录陈先生眼睛的情况之外，一定多多少少会带给他一些罗老师的情况，还有速为的情况；老宋在决定和陈先生一起来的时候，就知道了陈先生和罗老师之间的"失踪协定"，老宋其实从来没见过罗老师，但他确实也以某种方式参与了他们之间的失踪故事。所以每次裴医生打来电话，老宋就以一个恰当的方式避一避，这是他多年来和老陈之间能保持彼此信任的基础。

放下裴医生的电话，陈先生对正进门的老宋说："他说速为眼睛出问题了。"

老宋费了半天劲才看清陈先生脸上的表情，不是无助也不是讶异。他此刻觉得陈先生其实早知道会有这么一天，他看到宿命正笼罩在陈先生的脸上。

"我得回去一趟，我想把速为接过来看看。裴医生说美国也许有治疗的办法，他说是长期在黑暗里玩游戏造成的，我们得把他接过来。"陈先生越说声音越小，速为这孩子一生下来，他就知道他总有一天会面临这样的情况，他知道他总有一天会从他妈妈身边跑掉，最终跌进他们陈家遗传的黑暗世界。

"去吧。速为可能也只是暂时性的用眼过度，这里一定会有办法的。"老宋知道自己说了谎，至少在他来不及计算的那一刹那，他认为比起千疮百孔的世界，速为可能更愿意钻进眼睛里那个无尽的黑洞。他理解速为，是因为他曾经也是那样的一个孩子。十四岁就上少年班的他，一直以为这个世界的时间是成倍速前进的，于是他开始闭嘴，不和人说话，不说话确实能解决一部分的问题：当你拒绝说话的时候，人们就停止了对你的时间领域的入侵。直到陈先生出现的那天，还是实验室导师给介绍的，说陈总认识这里最聪明的人们，将来肯定对他有帮助。他不知道在这之前，陈先生是否关注过那个用肉眼完全看不见的世界里所发生的一切命运，其实他看久了，越来越觉得微生物世界的故事比人类的故事要悠久庞大得多，他甚至在想，我们透过无限放大去观看微生物的同时，也许它们正在透过无限缩小来入侵我们。后来和陈先生在一起了，老宋才发现其实他对科学没有任何兴趣，他和那帮聪明人在一起的时候只是倾听，他清楚在自己身上，老陈拾回来的是镜花水月一样的青春——十年来，他们俩几乎每晚都一起入睡，但只是躺在床上一起睡着而已。陈先生搬走的那天，罗老师咒骂他们是"恶心的同性恋"，但他们互相清楚，他们的感情早已固定在了平淡长久的地方，就像彼此在时间轨道里找到了往前和往后的自己。

老宋还记得，准备离开北京的时候，陈先生带他去了一次"花火"，就隐藏在一个巨大的购物商场的地下二层。他来过这里几次，买衣服和吃饭，但他从来不知道下面还有这么一个闪烁着霓虹灯的地方。陈先生带领他穿过公共舞池，那里总是有一群永动机一样蹦跶燃烧的人们，他看到这些男男女女晃动着自己的脑袋和屁股，就像从不知道还有明天。他们来到最里面的一个贵宾室——在北京，陈先生无论去哪里，都奇妙地拥有一间能将他和"普通人"隔开的隐藏房间——一个指甲上涂着红色指甲油的男招待扭着屁股出去了，再进来的是两个穿着暴露的年轻女孩。她们身上裹着白色和银色的短裙，只要稍微一动，就能露出柔软的身体，她们的神情疲惫而冷漠，一前一后挤进老宋和陈先生座位中间的空隙里。然后她们开始扭动，开始把身上裙子弄得更短，开始用手搜寻任何一处可能升高的温度。整整一个晚上，陈先生和老宋就这样目睹了一场自顾自的表演，两个女孩终于离开之后，老宋才反应过来，陈先生制造了目睹他窘迫绝境的洞穴。"这就是我原来的世界，那帮人的想象力贫乏到只能看到生理亢奋。"陈先生说。老宋知道，这就是陈先生给他看的告别仪式，那年老宋刚满二十岁。

赵阿姨把陈先生带进了餐厅。早在半个小时前，赵阿姨就通过小电梯下到地下车库，围着那片用油漆画的数字号码圈出的空地不停转圈，罗老师只告诉她今天要接的人是一位"陈先生"，但赵阿姨用她常年和女主人打交道培养出来的嗅觉闻到了，这个"陈先生"就是这个家里失踪的陈先生。她看到裴医生的车开过来，副驾驶座上坐着一位个子不高、眉毛形成一个浓密山峰形状的中年男人，更证实了她的想法。赵阿姨总有种感觉，裴医生在这个家就像是一条项链末尾的卡扣，把零零散散的珠子串起来给出"嘎嘣"一声，就连罗老师面对裴医生的时候，眼睛里也多了一分尊重。赵阿姨一直都在这片别墅区做保姆，她见过很多女主人——丈夫在家的和丈夫不在家的，孩子在家的和孩子不在家的；她知道有钱人的通病是动不动就失踪，而这些别墅区里的主人们似乎天生建立了一套面对"失踪"的反射机制。男主人们的消失可能意味着自杀、犯罪、破产、隐瞒、欺骗或者不明所以，在女人们一声哀号过后，往往总有一份印着数字的补偿慷慨地从天而降，于是"失踪"不再预示一个让人惊慌失措的绝望结局，而成为这里的日常状态，只要还有钱，别墅区里的人们就能不动声色地生活下去。她知道，反正她只需要管好自己的嘴巴、耳朵和眼睛，不说不听不看，她就是这些房子里唯一不会突然消失的人。

"速为在楼上。"罗老师用手往上指了指，示意陈先生和裴医生说话别太大声。几年没见陈先生，罗老师也没有感到太陌生，这个男人的眼睛还是如昨日一样，在浓密的眉毛下闪闪发亮，他站着的时候还是用左手抓住右手的手腕，呈现出军人一样的笔直姿态。他垂下的右手还提了一个白色纸袋，经验告诉罗老师，越是看起来简单素净的包装里，东西价格越贵。她倒是用更久的时间给自己做了准备，生怕在陈先生面前露出来自衰老的胆怯，挑来拣去，她最后选了一件紧身高领的黑色针织衫，这样就能遮住一些脖子上的纹路了。

她看了裴医生一眼，裴医生也丝毫没有回避，从一开始她就知道裴医生是陈先生放在她身边的一只眼睛，她所创建的牙科诊所全部的资金都来自陈先生，这也是一开始他们就说好的。她还是陈太太的时候，有那么将近十年，她都叫他"老陈"，对她来说，这是一个既像父亲又像领路人的称呼，也是她张开毛孔不知所措地面对这个城市所有新的生活时最能让她安静下来的称呼，她跟在老陈身后就能碰触到这个城市最友好谄媚的一面，她在其中快速旋转着，在旋转的同时不断下坠，那个孩子出事了，老陈出事了，速为出事了。然后老陈就成了"陈先生"，或者这么多年来，她都没真正了解过老陈——他的钱从何而来，他的生活到底是什么样的，他的内心有着怎样的感情，他如何想象未来。她对老陈的记忆在回转隧道里都是消声的，一帧一帧卡顿在她预料不到的地方，在神秘的拐弯处。现在她和老陈一样，对别人说自己是"搞投资的"，每到这时候她似乎隐隐约约搞清了其中的奥秘——那座看起来极有现代感、张牙舞爪的诊所一年所带来的利润还不及她答应让老陈离开时得到的股份和债券分红的一半——表面与真相的位置互换和扑朔迷离才是他们这些有钱人的基本生存法则。就像现在他们都在她的暗示下尽量不发出太大的响动，却忘了陈先生这次来的目的就是要把速为接到美国去治眼睛的。

"我一直都和他说，爸爸失踪了。"

陈先生没有说话，他把手里拎着的那个纸袋放在了没人坐的一把餐椅上。

罗老师接着说："我不太确定，他所理解的失踪是不是和我们想的是一个意思。"

"但你也只能这样告诉他，至少让他有个准备。"

"他的眼睛真的还能治好吗？"罗老师其实并没有问出来，她打心眼儿里认为速为只有维持现在这样的状态才是安全的，只要他永远像当时她从教室外面窥探到的那个未成年速为一样停滞不前，他的痛苦就不会被曝光。真相不应该被提起，在她这里，真相并不重要，而她，永远是他的母亲。

"我不希望他像他爷爷一样在黑暗中离开。"

# 15

罗老师一个人先上楼，她说这样至少能让陈先生的再次出现显得不那么惊心动魄。裴医生说他去附近找个加油站给车加些油，也许一会儿还要开很长的一段路。陈先生已经不太熟悉北京的路，不太算得清要用多少油来衡量区与区之间的距离，这里的路像肠子一样一圈圈平行盘绕，不上升也不下降，但只要出错一个口，就别想从这环路上下来。人们有各种各样的方式来掩盖自己编造的上一个谎言，多数时候，只要还有下一个故事在持续发生就等于默许了谎言的灰飞烟灭。陈先生打开冰箱，找到半瓶没喝完的白葡萄酒，他需要喝一些东西让自己看起来更接近等待的样子。

刚从部队出来的时候，他对所有酒精都有一种战斗般的饥渴，仿佛在说："来呀，看看能不能把我弄倒。"酒精和年轻小伙子是一对绝妙的搭配，就像他完全知道这半瓶冰凉的、没有了气泡的白葡萄酒肯定不是罗老师放进冰箱里的。他早在宣布"失踪"的那一刻就默许了酒精和年轻人的入侵。在波士顿，很多事情想不起来，生命就像被延续到了另一个轨道，但一回来，他什么都想起来了，有一根看不见的电流又把所有东西接了起来。

罗老师不爱带速为和他一起回老家，也就是在父亲死的那年，她跟着他回去看了一眼，速为也一起去了。陈先生的老家在北方，但奇怪的是，一到冬天这地方就变得很湿，衣服要是不烤在暖气片上都晒不干。据说这城市在几百年前曾因丝绸兴盛过，吸引了很多南方的生意人过来定居，陈先生一直认为，这些南方人一定把当地的潮气也带了过来。随着时间的推移，北方的荣光都蒸发成了水汽，要不是最近两年盖房子的时候挖出了那个北方将军的墓，这城市早已被人们遗忘得一干二净。他回去的次数并不多——这么小的城市，他每次都记不住父亲住的那个干休所究竟在哪条路。开车的小年轻们每次听到"干休所"这个词，脸上困惑陌生的神情就像这词早从字典里被除名了一样，他后来就索性把干休所所在的那条路编辑成了短信，用手机发给了自己，一字一句念给那些小年轻："杏花北路12号。"

他记得速为第一次见爷爷的时候，不知道该叫什么，速为摸着老人皱皱巴巴的手，叫了声"老爷爷"。在速为看来，眼前的这个老人就跟幼儿园老师故事里讲的树精老爷爷一样苍老，身上还带着木头一样快要腐败的气味。

"老爷爷，你每天在做什么呀？"

父亲的屋子其实一点儿也不空，陈先生之后也从来没见过有人能做出这么多的木头模型船。他总在想，这大概就是只剩下父亲一个人守着这间屋子的原因。他眼睛看得见的时候，还能做出模型船来；这眼睛一看不见，他就只能一艘艘摸过去，每天清点一遍模型船的数目，没有增加也没有减少。

"我在造船。"

父亲一辈子和船打交道，老老实实认为自己造出的每一个零件都是在给国家做贡献。他前些年还想着要把父亲接到北京去和他们一起生活，但每次父亲都说国家给他分了干休所的房子，他就得听国家的，不去北京和他们凑热闹。陈先生总听母亲抱怨父亲，当时他还小，还以为母亲是嫌父亲总是一呼噜两三口就闷头吃完了面，长大后他才厘清了父亲的故事，或者当时还是小孩的他只被故事里"色弱"（他从母亲那里记下了这个稀罕的名词）这个词吓着了，其他什么都没注意，小孩子只要听到任何和眼睛相关的毛病都会本能地以为那就代表着"看不见"。陈先生有时候觉得父亲太固执了，他眼见他做船的速度越来越慢，但他依然一遍遍地重复打磨每一个相同的零件，就和他每天都重复吃鸡蛋挂面汤这一种食物一样。父亲说他老了，吃什么东西都是一个味儿，手里摸什么东西都一样。陈先生担心的是在父亲眼睛完全失明之前一定会有一艘他没办法完成的模型船，而现在那只模型船就放在他床头，没有和其他完成了的船摆在一块儿。那艘没完成的船只有一个船身，没有帆没有桅杆，笨拙得就像一块被遗弃的木头，散发出和父亲身上一样的味道，或者是父亲身上散发出的味道早已和他屋子里这些木头模型船变得一样了。

"可是船都摆在那里动不了啦。"速为抓起那艘没做完的木头船拿在手里想让它动起来。

父亲笑了笑，他摸了摸速为的后脑勺，说："这孩子后脑壳是凹下去的，有福气。"

父亲是个没福气的人。母亲说当年父亲没调到北京去的原因是市里给开的证明信上说"陈卫国同志有色弱"。陈先生记得他当时一边在问母亲色弱是什么，一边心惊胆战地害怕色弱就是什么东西都看不着，他甚至隔天还特意在父亲面前晃了晃，生怕他从来没看清过自己的模样。其实母亲一直也没和他说明白色弱究竟是什么，直到有一天她把凑到的十万块钱给他连夜送到北京来，在那间潮湿窄小的半地下出租屋里握着他手的时候，才念叨了一晚上其实父亲根本没那毛病，那是别人为了挤掉父亲的名额故意写上去的，其实父亲要是去找管事的人送点水果说说好话也还有希望，她说父亲就吃亏在过于安分守己上。他从母亲的神情里读出了埋怨和不甘，也读出了他之前没意识到的爱，那是一种意犹未尽的神情。陈先生现在彻底参透了父亲的故事，这故事和满屋子的木头船一样，宣告着死亡终究会来。

从父亲的父亲开始，他们家的男性就注定得在失明黑暗的状态中死掉。也没有任何预兆，就是突然那么一下，眼睛就什么都看不见了。父亲说他看不见东西的时候，陈先生有预感——父亲快要走了。他当时带罗老师和速为回去就是怕说不准哪天人突然没了，之后再也见不上了；他还想接父亲去北京他们刚买的新家住那么几天，虽然他知道父亲在这时候更不可能，也没有力气离开干休所这小小的房子。这房子和他刚买的别墅相比，也就相当于院里保安室的大小。他从小一直记得"陈卫国同志有色弱",这是他最初考学到北京并决心留在这个城市的全部动力。

陈先生觉得遗憾的是，母亲只赶上了他开始创业那几年。那时候他还没和罗老师结婚，每天都在外面奔来跑去，母亲来北京，他也只能带她去天安门逛逛，然后回到不属于自己的出租房里。母亲一直想抱孙子，其实陈先生想要女儿，他隐隐中期待着生出个女儿也许就能打破陈家遗传的失明了。后来，他终于全款买了崭新的大房子，但母亲的生命力迅速衰退，干瘪得出乎所有人意料，她在被肺衰竭折磨的那几个月里听到罗老师怀上了孩子的消息，没过几天，就带着对孙子的期待去世了，医生说她完全被自己的呼吸噎住了。陈先生到现在也不知道，让母亲死在北京的医院到底是不是个正确选择，母亲合上眼睛时显得异常安详，协和医院的护士大夫尽了全力，说她的肺已经完全进入死亡状态，对她来说，这世上的空气已经毫无用处。

几个月后，罗老师怀的孩子也在这家医院出生了，是个女孩。

从星期一开始，罗老师才重新找到了新一轮计算日子的刻度。

一个多星期了，李问既没有任何消息，也没有打电话过来。他还回来的那串车钥匙一直放在客厅的茶几上，赵阿姨每天都把那串钥匙拿起来，擦好茶几，又把钥匙放回去。时间浑浑噩噩的时候就是不存在的。她记得自己是要等裴医生的，他说要向她汇报工作。

她又梦到慢慢了——她全身蜡黄，在一个巨大的铁皮箱子里不停旋转；她蜷缩着，赤裸着小小的身子，没过一会儿全身很快就变得滚烫发红；她一直紧闭着眼睛，发出平均的一呼一吸声——她从来没看清过女孩的脸，她从来没有对速为说起过在他之前夭折的这个姐姐，她甚至不能确信这个仅仅存活了九天的女孩是否果真来过他们的世界。临产之前罗老师和陈先生说好了，生下来是女孩的话就叫她"慢慢"，让她慢慢地在这个世界行走。接生的医生当时还说跳舞的人骨盆开，好生孩子，但慢慢就像是不愿意降临这个世界一样，任罗老师怎么努力这孩子都生不出来，最后还是那个胖胖的护士用助产钳夹着她只露出一个顶的小脑袋，慢慢才从罗老师肚子里滑出来。那是罗老师第一次感到自己的身体被分走了一半，然后她就看着慢慢被同一个护士放进了巨大的烤箱里，再出来的时候，没有呼吸的慢慢摊在她的双手之间，轻得就像一朵云。

精疲力竭才见到了新生命，那是罗老师第一次成为母亲。

她和陈先生在意见几乎完全一致的状态下商量好签了字，同意将慢慢的尸体用于医学实验，这倒不是因为他们有多高尚，而是给他们看房子的那个风水大师说这孩子还没变成人，把她的尸体放身边对下一个孩子不好。在阴和阳这两件事上，罗老师听风水先生的，她相信他们总是能比她自己看到更多，或者，这只是让自己获得心理安慰的神秘途径。所以在很长一段时间里，罗老师在梦里也遗忘了慢慢，直到速为出事。罗老师觉得，慢慢一定一直活在由她的梦造出的一个温暖空间里，在那里静静观察着他们，和速为交替出现。每次醒来的时候，梦都真实得可怕，仿佛只要伸手过去，就能碰到慢慢那轻柔得堆起层层褶皱的皮肤——刚出生的婴儿和将死的老人一样，他们的身体都又软又空，仿佛通过死生大门的那一瞬间洗去了他们的所有重量。而每当罗老师和那些年轻男孩一起睡着的时候，慢慢就不再出现——罗老师想，一定是她不愿意让别人看到自己。她从她身体里分开的那一刻，罗老师确信自己看到了慢慢修长纤细的四肢，像自己，她想象着慢慢要是转起圈来该多么好看。

罗老师没留李问新房子的钥匙，直觉不断告诉她这个人可能是个危险人物。她知道北京的一套房就是富人们缓释压力的绿色硅胶球，她见过陈先生的太多朋友用这样的伎俩来解决人与人之间的潜在危险，这能让他们在相忘江湖中保持相敬如宾的关系；再说，房子的出资者始终是有钱人，而任何可能的危险都能让他们崩溃，罗老师后来才发觉，他们其实没有任何应对变化的能力，一碰就碎。在这期间，罗老师出去了两三趟，裴医生一直在客厅里等着汇报，说刚给诊所买了一台最新的洗牙机，说现在整个北京就这么一台，客人们用起来完全感觉不到原来的那种痛感。然后裴医生顿了顿，说陈先生最近要回来看看速为，也许速为的眼睛能出去治。

"妈妈，我眼睛里有个洞。"

在罗老师的记忆里，自从速为在黑暗中放出了那个燃烧着红色火焰的怪物之后，他就没怎么叫过她妈妈。在经历了慢慢的死亡之后，罗老师几乎没办法再怀上孩子了。慢慢出生和死亡的时间是在 2000 年的初春，那时候整个世界都处在混淆和慌乱的末世情绪里，人们说千禧年之后世界会进入另一个时空，谁都不知道未来将是什么样的。陈先生一直和她说没关系，他们一定还会有另一个可爱的孩子。在千禧年的后半年，陈先生给她装上了当时最新的家庭影院，带环绕声的那种，他陪她看了很多美国科幻电影。罗老师有种奇怪的感觉，她觉得自己彻底丧失了生理的本能，一种在科幻片里经常出现的藤蔓似的金属触手不断从她腹部延伸、生长，直到将她整个人包裹起来，她认为自己将彻底失去做一个母亲的能力。

在最终决定之前，她和陈先生尝试了五年，在这期间她变得敏感又麻木，上床已经完全成为一项繁殖后代的任务，令人作呕。陈先生和电视上《动物世界》里的那些雄性动物没什么两样，他们的流程迅速准确，却始终无法合成一个婴儿。罗老师一直笃定地相信，陈先生一定就是在这五年里彻底丧失了性能力。其实她比谁都清楚，这个男人丧失的是对人的身体的兴趣，既和女人无关，也和男人无关。后来，她对老宋的咒骂也只有自己清楚，只有这样才能挽回一点点尊严——承认一个男人被另一个男人拐走，总比承认一个男人因为自己的过失失去了性能力要容易很多。

更令她感到恐惧的是，那些吞下去的激素让她发胖，这比晚上突如其来的崩溃大哭更令她心惊胆战。她的腹部囤积起一圈脂肪，她能想象在这皮肤下面一层层黄色的、混浊的油脂，要命的是，这些油脂堆起的褶皱又让她时刻想起在医院烤箱里抽搐不止的慢慢：她的胳膊和腿那么小，像个芭比娃娃一样毫无生命。陈先生虽然在安慰她，但他的语气里已经听不到什么激情，这一天天重复的程序已经完全耗尽了他们的感情和对未来的期待，仿佛每过一天，只有时间本身在记录，而他们一直在后退；仿佛未来被悬在一个空盒子里，而他们永远够不到。

那些瞪着眼睛却毫无生命的玩具娃娃总是让罗老师想到慢慢。让她欣慰的是，速为看起来并不知道慢慢的存在，在速为被成功造出来的时候，有关慢慢的一切记忆他都无须知道。她能让自己确信的是，风水大师的话还是起了作用的。速为天生对所有人工制造的玩具没有任何兴趣，他从一出生就习惯于欣赏和倾听，他天生就是为了好好看这个世界而来的。罗老师从来不对已逝的时间做任何记录：她记得第一次去取卵，医生曾说很多女性都会记录一本"培养日记"来观察整个试管的周期，罗老师当时就想，自己绝对不会记录这种日记。那之后，她重复了无数次取卵、受精、移植、培养、确认的机械步骤，一步都不能缺，每一次都要从头开始：要么在第一步的时候她的卵泡就被立马判定为不能投入使用，要么就在培养那一步彻底前功尽弃。陈先生只在第一次的时候陪着她来过，人们有时宁愿把科学和医院混作一谈，把它们都看成寺庙一样的地方，以为只要诚心诚意烧香礼拜就能愿望成真；当科学一旦展露它残酷的一面时，愿望一定会被一次次的数据分析打回到最绝望的境地。她心知肚明，所以后来也没要求陈先生再陪她来，她只是在培植成功的最后一天要求把之前送她来医院的那个年轻司机解雇掉了。

她有时也觉得不可思议——那些曾经装在无菌盒子里，被冰凉的针管穿过的卵子和精子以我们完全不知道的奇妙方式接受或者拒绝合成一个新的婴儿，仿佛婴儿本身和我们并不隶属同一生命序列，他们来自另一套生命系统。他们不太一样——慢慢的出生让她觉得孩子是从自己身上掉下来的肉，然而速为的出生让她变得疑惑：他的到来过于漫长，她作为"母亲"，全程更像一个观察者，由她完全无法掌控的科学时刻判断着"失败"或"成功"，这个过程中没有丝毫预兆，只有结论。她几乎以十几天为一个阶段周期计算着日、月、年的长度，最后她快要忘了自己为什么要来这里，一切的动力变成了极其规律的惯性劳作。她发现男性的痛苦来得比女性更加急促，所以她在内心深处完全没有怪罪陈先生，但他们的婚姻最终在这个孩子的诞生中走向了无形无味。那几年里她连触碰到他们分泌出来的黏糊糊的液体都觉得恶心，想到这些东西马上就要被放进无菌试管里像中学化学课的实验那样被摇来晃去，想到一个崭新的生命居然只有依靠这些东西才能诞生，想到那些被宣判失败的"卵"是不是也像慢慢那样从此流离失所，而她的梦境就是他们最终的归宿。

速为被确认"成功"的那一刻，罗老师小心翼翼地把手放在滚圆的肚子上，就像里面装着整个世界的种子一样。她要把最美好的东西都送给这个孩子，她当时是这么和自己说的。

## 16

　　罗老师和老宋一样，走路声音都轻得很。陈先生能闻到罗老师身上那股水果一样的气味先进来，包裹着些陌生的酸臭，果子总有熟烂的那天，在不知不觉中，这个女人和他都开始老了。罗老师身后是速为——在他离开的那年这孩子就已经长得比他和罗老师都要高，他还是瘦瘦长长的，和从前一样微微把头抬起，就像这世界从来没有什么能让他好奇和害怕的东西。速为的眼睛正直直看向他这边，散射出清晰但让他捉摸不透的亮光，从他这里看去，丝毫看不出这两只明亮透彻的眼睛里有什么大洞的存在。陈先生完全无法判断速为到底有没有看到他，有没有认出他来。陈先生想起父亲临死前的眼睛，那是一双已经变得混浊模糊的眼睛，眼球上仿佛有一层灰色的薄纱笼罩，那层纱既让父亲看到几近狂喜的幻象，又令父亲最终也无法从他看不到的东西里挣脱出来。他一直记得有泪珠一样的分泌物混着淡黄色的眼屎从父亲的右眼角流出，他第一次感到，衰老前的失明是多么可怕。

罗老师带速为坐了下来，他们三个人围坐在赵阿姨擦得锃光发亮的大理石面餐桌旁边。陈先生把胳膊肘挪了上去，又放下来，他不喜欢石头做的东西，闪光和坚硬的石料总让他想起上个世纪暴发户们的品位。虽然他当时也从北京歌舞团那扇一成不变的大铁门里把罗老师接出来，带她去和暴发户们吃过饭，他记得，舞蹈演员和主持人，一直是生意饭桌上的标准配置。他确实迷恋过罗老师一往无前的活力，这给他一种错觉，以为这女人能打破他们家古怪的遗传——无来由的突然失明和就差一点总也长不高的个子。他们家里，母亲比父亲高半头，可看起来母亲似乎比父亲要高出很多，因为母亲总是站着的（她爱穿坡跟鞋），而父亲总是蹲在那儿鼓捣手里的模型船，或者厂里坏了的各种零件。

他现在也说不上来究竟是一向精明的母亲为他做出了正确选择，还是母亲眼里懦弱的父亲沉默地看着他走向了某个摇摇摆摆的定时装置。他也说不上来自己究竟是不是"成功人士"，他来别墅售楼处交钱的时候，好像看到了无数个镜像折出的自己——他和所有等候交钱的男人混在一起，他们之间分不出谁是谁，没有任何辨识度。他们都不太年轻也不太年老，身材中庸，左边眼睛透露着疲惫和倦怠，右边眼睛却有着掩饰不住的自鸣得意；他们身边都带着好看的女人，那些女人明媚如火焰，好像随时准备喷涌而出。交完钱提完房，哪怕在一个院里（这个院大得似乎没有边际），他也没再怎么见过这群和他一样的男人了。陌生男人之间很容易在破败窄小的家属楼下被某股看不见的共同引力越拉越近，然后迅速在掉了漆的公共健身器材上找到彼此的友谊，抽掉四包烟，喝掉十瓶酒，就能肝胆相照荣辱与共，他最初也是这么做起生意来的。当年还是母亲果断瞒着父亲问周围的亲戚朋友借了十万块钱，他才启动了自己的金融顾问事业。当年，母亲和其他人一样压根儿不懂啥叫金融，啥叫顾问，只知道突然那么一下，就有一群不知道干什么的人蹿了出来，开上了进口车，住上了非单位分配的商品房。他犹豫再三和母亲借钱的时候，看到的是母亲眼里迸发出的火焰，那里面有对父亲"没出息"、没调去北京的不甘，也有女人天生的冒险精神。"妈支持你！咱们也去闯一闯！"——陈先生到现在也不知道母亲到底是问了几个人，如何在一周之内就弄了张存好钱的存折给他送到了北京。他怀疑，父亲从一开始就知道这件事，父亲甚至预见了他后来的发迹，甚至是第一个孙女的夭折。从他不断向父亲发出邀请要接他来北京的那天起，父亲就愈发沉默，完全掉进了模型船的世界。

"我们家的女孩养不活，我们娶的女人太强势了。"——父亲死的时候和他说。

第一笔赚来的钱到账的时候，钱还是钱；等到了第二笔、第二十笔、第二百笔的时候，钱就像是点缀在你永远摸不着边际的浩瀚夜空上的星星，一闪一闪亮晶晶，摘下来的那一刻它们就全变成了数字。有一次他听罗老师给刚出生的速为念故事，念到这么一个故事——

很久很久以前，有一对年老又贫穷的夫妻。有一天一个背着大布袋子的僧人来留宿，他们用家里仅有的萝卜和谷物煮了一顿热饭给僧人吃，僧人就把自己的袋子留给了老夫妻，告诉他们里面有拿不完的金银财宝。这对夫妻刚开始只从里面拿一顿饭的钱，慢慢地开始拿一顿好饭的钱、一个舒服的床的钱，再后来是一幢房子的钱，拿着拿着，他们什么都有了，但是他们对这个袋子却产生了之前从来没有过的欲望，他们想，要是用这个袋子里的钱装满整个屋子该多好。于是，他们又从袋子里不停地拿，金银财宝渐渐填满了整个屋子，他们忘了吃饭忘了睡觉。很久之后，僧人再回来看他们的时候，发现这对老夫妻已经被压在满屋子金银财宝底下死掉了，他们脸上挂着的是满足的笑容。

他不知道当时睡着了的速为有没有听到这个故事，好像速为还抿了抿小小的柔软嘴唇，反正他听完觉得故事里的老夫妻就是自己。最开始，他也觉得心惊胆战的，自己这么一个从军校外语系毕业的人怎么能和金融顾问沾起边来，后来他和所有那批上世纪90年代末在北京收割第一批韭菜的人一样，恍然大悟其实赚钱赚的不过就是时间差和信息差。赚钱似乎是个既奥秘无穷又没什么秘密的勾当，任何的时间不对等和信息不对等都能产生足够空间的利润，他们那时候叫"投机"，后来他从知识分子那儿听来了经济原理，知道了这叫"投资"。他是个很爱和医生、教授打交道的人，他认为自己能从这些人身上破解生命的密码——他喜欢听的无非是怎么活着和怎么说话，这两样，是医生和教授的生存之道。他不太喜欢往家里领朋友，千禧年之后，和他一批的那些人经常就没影了，他们都说这些人"失踪了"，走着走着就失踪了。

所有能获取价值的行为都是危险的，那是以生命为赌注和筹码的，比如寻找珍珠的采珠人，比如采集喜马拉雅蜂蜜的采蜜人。速为一直在观察他，从看到他的那一刻开始就没移开眼睛，但速为的眼睛里没有疑惑，反而是罗老师，一直若有所思，不知道该怎么开口、起什么话头。陈先生想以某种绝对真诚来面对速为，他尝试想象速为眼睛里看到的自己是不是就像美国大片演的那样被未来激光在身体上穿了一个大洞出来；而他的手却本能地在寻找他拎来的那个白色袋子，那里面是装医生给他准备的两瓶喜马拉雅蜂蜜，据说是世界上最贵的蜂蜜。他此刻看起来一定挺生分的，在他"失踪"前几乎每天都在重复这样的动作——用准备得当的礼物迎来开场，打破人和人之间不可言说的真空地带，那些礼物得足够珍贵，最好能同时彰显他的物质财富和不凡精神，还有，这些礼物最好能成为他社交的一部分，对一个以钱赚钱的人来说，最好所有人都是他的朋友。这样人们才会在他安排好的光辉开场下张开眼睛，同意和他一起上台扮演小丑，蹦蹦跳跳自欺欺人。现在面对自己的儿子也得这样，他以"失踪"的状态走失了这么多年，终究还得以扮演小丑的方式回到儿子面前。

"这是老龚他们开发的蜂蜜，应该不错。"

"老龚？就是那个玩帆船的龚总？"罗老师习惯于把她见过的陈先生的老朋友按爱好分类，在她看来，他们从事的都是同一个工作，只有不同的爱好才能将他们准确分组。

"就是那个老龚，裴医生说他这几年一直都在做健康食品。"陈先生想打住话题，其实他很久没见老龚了。老龚还有其他人，就像是一个世纪前离他远去的喧哗与骚动，他们之间相隔的空间已经成指数倍地扩大。他印象里老龚的爱好一直挺多的，帆船之前是高尔夫，高尔夫之前是网球，网球之前是桥牌。老龚原来也怂恿过他，想带他一起组队去打高尔夫，他还真去了几次，但马上就发现自己打不了这个球。老龚给他找了个国家队的教练，一切都是角度——撅屁股得有角度，举手臂得有角度，挥杆得有角度，那个教练脖子上还挂了个刁钻的望远镜，瞭望远处也得有角度。总的来说，他不喜欢这种亦步亦趋、精打细算的运动，他没有那种与生俱来对胜利的渴望。他更喜欢和医生还有教授们聊天，尤其是哲学教授，其实他们时不时就冒出来的那些名词和人名他都陌生得很，但恰恰就是这种陌生，让他觉得美妙无穷——他喜欢听这些人数落福柯德里达，时不时再膜拜一下康德黑格尔，都是翻译后的名字，所有这些单词组合在一起有时会发涩拗口，就跟番石榴、青木瓜那种水果一样，如果把它们的涩味去掉，只剩下甜就俗了。

陈先生和这群知识分子在一起的时候话是最少的，他更乐于把这些人张罗起来，花钱带他们见识最好的地方，后来索性就在酒店里开个套房，从白天聊到晚上，大家也不睡觉，有吃有喝。陈先生有时看着他们，心里想要是速为将来也能像他们一样，从嘴里说出那些美妙的语言该多好，那他一定会把自己所有的财富拿出来建一所全中国最大的图书馆。

从速为被罗老师送去芭蕾学校的第一天开始，陈先生就彻底绝望了，或是在那之前更早一些的时候。他曾听那群知识分子说 2000 年是"启示录"的年份，世界会像弹力球撞到墙面一样重新折射运行，整个世界会进入另一个平行空间。知识分子们总是不肯下定论，他们用一堆比喻让所有事物都似是而非，所以陈先生只能粗暴地把 2000 年视为新的一个刻度。慢慢的夭折让他重新思考起"死亡"这码事。母亲的死亡仿佛一个晃眼的电灯耗尽了最后一丝光，而慢慢蜷缩起来的小小身体让他觉得生命本身一点儿也不真实，让他觉得父亲的预言实现了——他们家生不出女儿来。再之后，他和罗老师"制造"速为的过程太漫长了，他只陪这个女人去过一次"生命实验室"（他这么称呼那里），培养一个生命是残酷而重复的。他们往后的做爱变成了动物似的繁殖行为，他无数次看到床上蹲着一窝兔子，接着一窝又一窝，愚蠢而单调地在企图繁衍后代的野心里打转；再后来，那种事只能让他想起实验室里的试管和针头，一次次扔掉又拾起。速为生出来的那一刻，他完全没感受到生命的喜悦，他想的是这孩子也许有可能打破他们家男性所背负的遗传，因为在他看来，凡是从试管里培育出来的胚胎都是无机的。速为完全属于罗老师，他是这个女人漫长的痛苦生命里应得的慰藉：她说他将来会成为一个舞蹈家，那他将来一定会是一个最好的舞蹈家。

"嗯……你这几年也都在海上吗？"速为说话了，罗老师仰视着他，仿佛在听一个迷人的故事，仿佛解开了速为对"失踪"的理解之谜。

"我……对，我在海上。"陈先生顿了顿，他没想到速为给了他一个最合适的安身之所。

"我有时会在梦里看到你，有一大片海，还有风和浪，你总是一个人起起伏伏的。"

"对，有一大片海，有时风平浪静，有时狂风暴雨。"

"可我一睁开眼睛，大海也出现了洞，你在洞里我看不到的地方，我只能听见声音。"


曾经什么时候，罗老师听速为讲过大海的故事，虽然

276

这故事微小得早已从她现在的记忆里消失了，那时他第一次跟在他们身后去看爷爷。陈卫国做出来的模型船全都是浅木色的，那些木头片本来是什么颜色，船就是什么颜色。模型船即使在洗手池里也浮不起来，随便一个波浪都能击沉这些无用的船。陈卫国的眼睛已经看不见了，所以那次见面他其实根本看不到速为的样子，他伸出皱皱巴巴的手去摸速为的脸和胳膊，这孩子长得和他们陈家人不太一样——他们家的男人没出过胖子，也没出过高个儿，都是中等长相，就是一眼看过去既不让人讨厌也毫无特点的那种；他们家的男人都有个圆脸，三十岁之前看起来总是一副怎么也长不大的孩子样，老了以后看起来也还像孩子，虽然他们的圆脸能让别人一下子就相信他们不是什么坏人，但他们也成不了什么号令众生的人，总少了些骨骼分明的阴影棱角。速为既不是圆脸，又长了副修长的四肢，这孩子向他走来的时候优雅得就像陈卫国在日本电影里看到的那些莫名其妙就深陷在忧郁里的男演员。

陈卫国的妻子十年前就过世了，没熬到 2000 年。他一直记得他女人叨叨着说，要熬到新千年，要熬到看孙子，结果她既没等来新千年，也没等来小孙子。妻子比他高半头，就像现在小罗和他儿子一样，好像嫁到陈家来的女人都是这样：精力旺盛，人高马大。儿子说小罗是跳舞的，跳芭蕾的。他印象里，跳舞也是为了说明白主席的革命道理，早年间市文工团演出的时候他和妻子去看过：脚尖一立，身子一抬，眼睛永远看着前方；他隐约记得妻子还学着编了个大麻花辫，她说台上的舞蹈演员也是这样梳的头发。

小罗嫁到他们家来的时候，妻子也没太高兴过，说这个儿媳妇干活不利索，屁股上没肉，肯定持不好家。陈卫国没回她的话，又扭头去琢磨手上这个桄杆是不是应该磨得再宽一些好，他知道女人就是这样的，她们说话的目的不是为了得到回应，而是像自来水一样，压强到了就得拧开水管让水出来。时代确实变了，从他女人偷偷借钱拿去给儿子做生意的时候，他就意识到陈家将走向一个他看不清的黑洞里。从他这辈开始，变化的更迭让他来不及以祖先的血统为荣，他们祖上似乎从来也没出过当官的和做生意的，他的父亲、他的爷爷也不过是乡里的私塾先生而已，他十二岁就进了部队，也不知道有什么好处拿，只知道从此以后应该是有人管了。他头脑好，喜欢鼓捣些机器零件，就被送到了工程学院上学，经别人介绍又结了婚。结婚前他没觉得自己的性格有问题，他只是想守着他出生的这片土地，结婚后妻子就像一面挂不住的镜子，闪出的光琐碎又刺眼，她越是念叨别人"都出去了"，他就越不想出去，慢慢地，他的活动范围主动缩小在了厂子和家的半径之间。他不觉得自己这些年错过了"那么多"机会，在妻子看来，那些机会通往的是北京,通往的是成功,通往的是"赶上了"的未来。他后来想，其实这些机会摆在他面前的时候他也不是全然不知，但它们太像悬而未决的选择题，他怕巨大的未知会让他彻底忘掉自己的祖先。

陈卫国的父亲死前一年突然有天站起来的时候踩了个空，两只眼睛全都看不见了，父亲说，就像是沉在了一片又冰又暗的海里，整个人都是漂的。父亲还说，从陈卫国他爷爷开始，他们家就像魔怔了一样，所有的男性在死之前眼睛都看不着了，可他们家也没做什么伤天害理的事情，几辈子都是本本分分的。一切都无济于事——妻子打那儿以后不知从哪儿找来的偏方，每天雷打不动给他泡二十颗枸杞喝，说这玩意儿明目，他才知道，男人只要娶了女人，就只能用自暴自弃来反抗她们无休止的权力控制。后来轮到陈卫国眼睛看不见的时候，他整个人也是漂起来的，原来眼睛不光是视力工具，还掌管人体的平衡机制，失明就像船失去了自己的平衡浮木，海浪正是在那一瞬间将船彻底吞没。

所以第一次见速为，陈卫国想把那只没能做完的船留给这孩子，那是他眼睛看不见东西前做的最后一只船，他总觉得，那上面附着了他最后的生命。人老了，每天都能嗅到死亡的气息，仿佛只要一闭眼睛，就不知道自己还能不能醒来。死亡就站在门的那一面，每天透过门缝对他吹气，过去的事情越来越多地变成梦里的情景挤进他的身体。他不害怕死亡，孩子他妈早就在门那头等着他了。他不像她，没有操不完的心，也没有放不下的事，但他害怕黑暗，只有黑暗提醒他自己这一辈子彻底无用。他都想好了，那些模型船终有一天会被小罗或者儿子收进几个纸箱子里，扔到他们北京的大房子下面的地下室里，和他的去处一样，又冷又黑。

陈卫国不知道的是，在他死后的第一个清明节，速为就把那只没做完的、不会动的船放进了烈士陵园里属于他的那间小玻璃格子里，陈先生还放进去了一辆小车、一个小房子和一个白色的小花环。陈先生没给陈卫国找那么一个依山傍水的大墓地，他觉得放进烈士陵园至少还能保有些祖辈最后的本分荣光，和"卫国"这个名字相匹配的荣光。

那年，在回北京的飞机上，速为给罗老师讲了第一个关于大海的故事。故事怎么开始的，中间发生了什么，罗老师都不记得了，她只记得速为看着舷窗外面一层一层被甩在后面的云彩，说："爷爷在大海里又看到东西了。"这大概就是速为说的结局。

## 17

七天来，李问第一次坐电梯下楼，这电梯一直都有股新塑料的辛辣味，像油漆的那种。他小时候只要一闻到这个味儿就会不由自主地去寻找味道的源头，不是因为这个味儿好闻，是因为他好奇：母亲说闻油漆味会让脑子变傻，他就要试试看。他要试试，如果油漆味真有这种功能，真能悄悄把自己的脑子变傻，那这可恶的味道会不会从他的身体里自动散发出来，像天使的光环那样。

"青年社区"的垃圾站立了一块公告牌，上面说北京开始严格实行垃圾分类制，蓝色桶放可回收物，黑色桶放厨余垃圾。他拎起手里的黑色垃圾袋，皱了皱眉，一股脑儿全扔进了黑色桶里。几天不下楼，这世界显然已经被环保主义者、女权主义者和各种其他的反歧视主义者围起了一层厚厚的帷幕，一切都有种要进行新一轮清算的意图。到目前为止，这小区一切都很舒适，他没觉得有任何不适应的地方，尤其房子是精装修的，这一点让李问又找回了玩《模拟人生》时的感觉——只要在屏幕上打个钩就能得到一个装修好的房子。他猜想，一幢楼里应该有百分之四十的人像他一样选择了"雅致北欧风格"，另外百分之二十的人选择了"简洁中式风格"，再另外百分之二十的人选择了"田园美式风格"，剩下百分之二十的人选择了"自主装修"。他甚至还能往下猜想，选择这些不同风格的人是单身、同居、已婚没有孩子还是已婚有孩子。这城市能告诉他的就是这些，不多不少。他第一天搬来这里的时候，还开着罗老师的黑色迈巴赫，除了保安处和门卫为了给他办停车证多看了这车几眼之外，他几乎是无声无息地被夜色裹挟，悄然进驻了这个小区。第二天他开车离开的时候，看到门口通往东三环写字楼的班车站挤满了人，他们似乎已经在日复一日的常态中找到并熟悉了自己的姿势——有穿一身漂亮衣服木然等待的女人，有背着双肩包低头忙于手机的男人，还有塞着耳机摇头晃脑的年轻学生。同一时间，小区出口处等待停车杠抬起的车辆也和他一样排着队，他们看不到前面或者后面的车，整个空间都被他们各自的车窗挤压得又窄又小。这就是四环边上的一个标准小区，人们聚居在此，各式各样千姿百态，像离开巢穴的捕猎动物，到了天黑的时候又拖着饱满或者饥饿的身体再度归来。

这是他换来的栖身之地，如鬣狗寻得的腐肉一般散发出末日气息的栖身之地。从闹神那里离开的时候他清点了一下自己的东西，结果发现这几年来他能带走的属于自己的东西和当年去 M 城大学时母亲给他收拾的东西没什么差别。他善于在别人的地盘上用便宜的生活用品营造出自己的气息——床单、一双洗了无数次的筷子、母亲当年给他做的荞麦皮小枕头，还有塑料篮子里的洗漱用品——他把这些东西从家带到M城又带到北京，从一个睡觉的地方带到另一个栖身之地。

那种感觉更强烈了。他下去倒垃圾的时候，觉得之前看不到的视线又回来了，透过无所不在的缝隙对他张望。他好像看到有穿着制服的人在这个小区里穿来荡去，就是小学安全课上被画在手册上的那种制服，但有时又和之前在地铁站看到过的蓝色制服混在一起，搅得他脑子很乱。他彻底把手机扔到一边，任何事情——明星花边新闻、失踪凶杀案、国际局势——大的小的都和他无关，他都不敢翻看。他发现，只要闭起眼睛睡着觉，他就想不起来每一个地方到底长什么样，除了在逻辑名称上的区别，这些地方没有什么不同。只要他一陷入睡眠，他的周围就像一个下沉的黑洞，什么也看不见。

他之前的"地铁漫游者"游戏也不是完全漫无目的一无所获，他通过白色底板上那些地下管道一样错综复杂的站名充分延伸了对这个城市的想象：红色、绿色、黄色和蓝色，这些线条所指之处就是人们的所在之地。大概就是从这个时候开始，他开始想象在这个城市里过一种完全属于自己的、默默无名的生活，他越来越渴望被这样的生活淹没，谁都找不到他。他有几次梦到依然占据了他大半记忆的遥远住处，那个仿佛什么风吹进来都能被同化到一丝不剩的家属院——在梦里面他总是不停地跑，跑着跑着，家属院就变成了一个骨灰盒的形状，越来越重，越来越不着边际。从他把地铁上得到的互助会册子带回来丢进垃圾桶又捡出来的那天开始，他就经常从这样的梦中醒来，胸口闷得必须马上睁开眼睛透一口气才行。

在那个他连正式名字都想不起来的别墅里，他第一个学生的妈妈给他递过来一盒软包装的进口果汁，刚从冰箱里拿出来的，包装盒上还挂着由于温度变化造成的小水珠。他当时觉得这家人真是好人，对，他曾经也以为只要出了健身房，他就又可以用"好"与"坏"的简单标准来归类这群别墅里的人。后来他发现，这家人都有固定的杯子，只有他每次拿到的都是女主人面带微笑递来的包装完好的饮料，他在这里没有杯子，他对于他们来说是个外人。这些别墅建得就和游戏里代表幸福生活的标准方块一样整齐干净，这里的孩子和他们的母亲都会恭恭敬敬面带微笑叫他一声"李老师"，可他永远也无法和他们融为一体。这些母亲从呈来的简历里将他选中，他带着各种或真或假的杂耍把戏许诺可以帮助她们的孩子更快奔向早就定好的道路，不会偏航，也不会一步到位。孩子们一旦度过一个夏天，或者长一些的，两个夏天，就会把他忘掉，他从来没有在别墅之外的地方碰到他曾教过的这些学生，他们仿佛在另一个平行世界穿越他疾步而行。

他也没再见过闹神。他按照规定提前一个月和闹神说要搬走，其实再早一些，他就知道闹神不仅是室友，闹神才是这个房子的拥有者。他在那条一直往北走通向别墅区方向的地铁上偶然一次瞥见了电视屏幕上的闹神：和平常一样总是遮住眼睛的前额刘海，交叉放在胸前的双手，还有在他身边并排出现的跟他散发相同气息的四个男孩，他们的名字被打在屏幕上，是一支游戏战队。李问用手机搜索了"闹神"的名字，才发现他是被签约的游戏选手，一种新类型的竞技运动员——他们的训练在昼夜颠倒的虚拟世界里，依靠反应、天赋和疯狂的手上操作肆意斩杀唯我独尊。和水生一样，李问觉得闹神也背叛了他——他们因为孤独找到了他，最终又留下他一个人。

听说M城大学现在开设了电子竞技专业，他曾在每天上万条迅速闪过的信息里瞥了那么一眼。怎么变化都是一样的，在远去的大学里，还会有一群李问、琛哥、郑小微接踵而至，躲在学校后面散发下水道臭气的小街道里，在困顿难耐的早上吞下一碗热乎乎的汤，毫不理会小店堆满了"雪精灵"的蓝色包装箱上有看不见的老鼠匆匆跑过。他现在越来越想念郑小微干瘦的身体，和她脱下他衣服时禁不住的笑声。

从闹神家搬走的那天中午，他和搬来的时候一样，只能用手机上的电子时钟确认中午的来临（最近他连电子时钟也不看了），对于他这间永远背阳的房间来说，所有的光源只集中在头顶的白炽灯上。他觉得自己总是在一种对于时间的心惊胆战里度过，除了手机上似乎永动的时间走向，在这间屋子里没有别的东西能告诉他时间一直在往前走。甚至连手机，在彻底没电的时候也不显示任何时间，他昨天忘了给手机充电，他似乎也在那一刹那成功欺骗了自己：时间消失了。他突然有些后悔，当初是不是应该把母亲腕上的那块手表取下来带在自己身上，他甚至无法确定那块表是不是已经被他取下丢在了哪条路的拐角。死亡就像用鼠标按下一个不长不短的灰色进度条，进度条加满跳到黑屏，弹出的结果是一个巨大的未知，他只能依靠气味和想象与他认为已死的人建立亲密联系——我的母亲在那里。

　　李问知道罗老师的原则，她说能用钱解决的问题就不是问题，这是她和她身后巨大的财富池所秉持的一贯逻辑。罗老师他们的别墅区里有几家选择了在院子中央修建游泳池，但大部分的时间，游泳池里除了绿色的毛虫、枯黄的树叶，就是北方数得着颗粒的尘土。他从来没在意过这些尘土，甚至在听了速为的录音笔之后，他还试着迎风张了张眼睛，既没有煤渣跑进去，也没有飞虫钻进去，但奇怪的是，他确实感受到了这些尘土的重量。一旦这些飘零之物堆积到了一定的数量，就很难彻底清理——这个地方不适合任何需要保持清洁度的室外设施，没有这样的地理环境，也没有这样的人工环境。这里几乎一半的家庭一年里总有几个月在外面度过，夏天有夏天的去处，冬天有冬天的去处，他们拥有城堡一样的堡垒，还拥有整个世界。只有罗老师他们这幢房子是不动的，是不旅行的，或者从另一个方面来看，速为每天都在 Diablo 的世界里旅行，罗老师无法和速为同行，这是她用钱解决不了的问题。而李问始终如一地羡慕速为，从看到他沉没在暗黑世界里的第一眼开始，他不在乎任何人许诺的将来和希望，他只想钻进那个壳子里去，像速为一样把时间冻结。

从闹神那儿搬出来后，李问发现自己身上滋生出了无数影子，他仿佛能看见一切不在他身边的人或事开始整日飘荡在这个还留存有装修材料味道的新房里。他决定用速为的记忆要挟罗老师的那一刻，其实想得到的是一种绝对独立和自由解脱，他希望自己不声不响地从他们的世界消失，却发现自己被困在了记忆之中。一闪念间，他又听到自己发出胆怯警醒的喊叫，一股冷汗从后背溢出来，他恍然间发现自己是一只困兽，比起他刻意抛出的秘密导线，其实是罗老师先发现了他的由来，这间自由小屋就是他的葬身之地。

于是他像闹神一样日夜颠倒，醒了睡，睡了又醒。睡眠就像一条通道，能将一切藏着的东西捏在一起——罗老师和母亲，他和速为，他们四个人在他梦里反复出现。他带着速为奔跑在中学那条闪着亮光的胶皮跑道上，罗老师和母亲站在跑道一圈的终点处注视着他们。

几天前他下楼想活动活动双腿，一走下台阶就被脚底不知什么东西绊了个趔趄，他记起父亲刚走的那半年时间里，晚饭后母亲总带他绕着家属楼附近那三条街遛弯，一个折返走完正好半个小时。有一次，他也像这样绊了一跤，母亲很紧张，不停地说很多人其实都是由于微小的意外才出事的，因为大的事情人人都注意，反而是那些看似无关痛痒的东西才最致命。那半年里，母亲对日常所有的事情都倍加小心，大概是父亲的死让她一下子看到了死亡就是一瞬间的事，是一瞬间的意外。很快，也就半年，他和母亲再没有在晚饭后一起散步了，他们开始无话可说，也没有对视，凝重的沉默从彼此身上蔓延开来。然后他们之间就再没有了任何表示亲昵的动作，他不知道该对母亲显露一个正在生长的少年应有的爱意，还是一个正在成人的男性该有的爱护。他们之间有一道看不见的墙，忽近忽远，时强时弱。

没人和他说过爱是怎么回事，情欲是怎么回事，死亡又是怎么回事。这些终极话题在母亲那儿是禁区：爱是不能说的，情欲是肮脏的，死亡又太过晦气——尤其在父亲死了之后，母亲忌讳"死"这个字眼，仿佛只要说出这个字就会给她和她的李问招来致命的厄运一样。母亲还很忌讳给他买黑色的衣服，她说看着不喜气，仿佛只有通过喜庆的暗示才能维持他们仍然活着这个唯一事实，她要他牢记，他们是幸存者。

早上他给笔记本电脑升级，明明是要卸载 MSN 软件，这年头哪有什么人还用这个东西。他想着卸载前点开看一下，点开后就看到水生的头像在闪烁。自从上次水生用 MSN 给他发消息之后，他们就再没联系过，他也没回复过水生，这一想，就过去了一个世纪。李问点开水生的头像，有什么声音一直荡在他头顶，他却什么都听不到。

水生的朋友们，你们好。我们是水生的父母，我们在用水生的社交软件写这封信给曾经和他有联系的所有朋友。5月2日晚上八点，水生的车撞上了在加州高速路失控行驶的超市运输车，经过三个小时的抢救，他还是离开了我们。水生总是说喜欢有朋友在他身边的感觉，希望水生在天堂能用另一种方式继续爱你们。

世界不会再像以前一样了，可水生还是他最好的朋友。所以小柔用甜腻虚假的语调说爱他的时候，他一次性地解决了所有问题。在这么一个崭新的房子里他总得做点什么"冲冲喜",他找出门口放钥匙的盒子最下面压着的一张纸片,那是他和闹神住的时候从楼下小超市门口地上捡来的,他把纸片一直放在一个空的饼干盒里,那里放满了没用的东西:互助会册子、衣服吊牌、超过二百块钱的收据和其他他捡来的不知道什么时候能派上用场的宣传单。北京似乎对私人小纸片的传播也进行了合理规划:最多的小纸片出现在三环以里新旧住宅楼的中间地带,就是那种连接国际公寓和三丰里小区的无数短接口,它们通常由小超市、美发店、水果店、南方小吃店组成,像乐高积木一样琐碎而富有逻辑韵味;小纸片通常不会在五环以外的别墅区域出现,那里的封闭与自给自足似乎隔绝了这些色彩丰富充满生命力的纸片,反正李问从没在别墅区里看到过五颜六色的东西。他先照着纸片上的电话号码念了三遍,很快念熟了,号码在他脑子里越来越顺,透露着廉价、肮脏、罪恶的气息,就像中学时候的他隔着母亲的监视在梦里窥探女人的身体一样。从那时起,他就想这么做了,他想实实在在花钱买一个女孩来陪他,就一晚上。他放下纸片，坐回客厅米色帆布垫的沙发上，没有罗老师他们家那种真皮沙发的顺滑感，却和他现在记下的那串电话号码融为一体。

每个男孩的成长背后都有一堆背叛母亲的秘密，母亲不死，他们就得不到自由。

李问一个个按下那串数字，一顿一顿地，像是要给躲在哪里的母亲展示他现在在做什么。一小时后，小柔按响了楼下的对讲机；过了一小时，他和小柔赤身裸体躺在了卧室的床垫上，他在网上买的新床单还没到；又过了一小时，小柔用她那张胀满硅胶的脸和长得离谱的假睫毛对他说爱他。这爱和情欲都廉价得要命，还用了艳俗的伪装——他摸过罗老师那张花了大价钱保持年轻的脸，那张脸是美的，一直在发亮，亮到让他觉得自己暗淡微小；小柔这张脸是年轻的，但看起来却有种奇怪的苍老感，每一个部位都陷入该死的膨胀状态，挣扎着想要冲出这张老化的面具。他们完事后，李问知道就这么一次了，他不可能再打第二通电话叫她过来了。

他看着这个姑娘干瘦的身子，和她抹了过多粉底的脸，突然觉得内疚，自己没有任何东西能给她盖上，他问了一句："小柔，你多大了？"

小柔咯咯笑了，这是她们最常遇到的客户问题："二十五。"

他知道这个年龄是准备好的标准答案，她可能才十八岁，为了留在这座城市过早地进入衰老循环；她也可能三十岁了，早就没法回到自己生长的那座小县城，也许在那里，她不需要像个外卖员一样接到电话就去寻找陌生的门牌号，在记不住的房子里来了又走。

小柔走的时候，李问给她多塞了两百块钱，现金。这是他所剩无几的现金了，现在没有人带钱，一切都被放进了手机里。他总是习惯在家里留个几百块钱，就像小时候母亲把钱压在他们那张合影照片下面一样，万一呢，母亲说。送走了小柔，李问又躺回床垫上，守着他的只有周围浓烈的廉价香味，熏得人头晕。整个房子又在一瞬间空了下来，连之前晃着的那些影子也不见了。

## 18

　　她去给速为办理休学手续的时候，在走廊上碰到了速为的同桌，那个留着黑压压一片日本刘海的女孩叶子。叶子正匆匆从厕所跑出来，摆弄着衣服下摆，又忍不住羞涩地不停将头摆向罗老师的方向。校长约她见面的这个点应该是下午上课的时间，她只见过郝校长一面，陈先生张罗的饭局，她印象里，郝校长是个个子不高、办事周到的人，一看就被训练出了谨慎小心又得体恰当的做事习惯，还有一口整齐发亮的牙齿，就是她后来在裴医生给她展示的牙齿美容案例里见过的那种标准牙齿。叶子的羞涩在空洞的走廊上被放大了好几倍，罗老师想的是，这个女孩该到了来例假的年龄了。她在这个年龄每次来例假都会先用卫生带勒得紧紧的，然后在练功服里垫上一堆那种皱纹卫生纸，小时候不知道什么叫肚子疼，也不知道什么叫后遗症，带女孩子们练功的老师从来不提醒她们这些事，她们只知道只要一天不练功，别人就会超过自己，而舞台上的首席演员永远只能有一个，所有人都在和自己的时间较劲。后来到了北京，她才知道还有能塞进去隐形不见的那种棉条。全团的姑娘没有一个人因为来例假旷过功——姑娘们来例假的日期被逐渐统一了，不管之前是一个月的前面还是靠后，都仿佛在神秘的夜色里被无名的气流集中压缩在了一个月中间那几天，所以一碰上反常炎热的夏天（北京每隔几年总能碰上一次），练功房里就有一股腥味，萦绕整个七月和八月。跳舞的人对自己真狠。

"阿姨，速为还回来上课吗？"叶子显然是跑过了又折回到她身边的。从她的方向看去，女孩的眼睛正弯成两个清透的水滴形状，她认真地等她回答，真的期待罗老师给她一个答案。孩子们总以为世界上的所有问题都能找到正确答案，当他们发现大多数问题其实毫无应答或只指向了不知所以的歧义时，真正面对成人世界的那天已经不知不觉到了。

"速为生病了，他得好好养病，"她的声调升高又降低，"他很快就会回来。"

"太好了，我妈妈说他跳舞的时候摔到了腿，真希望他没事。"

"他会没事的。谢谢你。"罗老师摸了下女孩的肩膀，又软又滑，她希望这肩膀永远不会背负这世界的谎言。她相信，也许不到半年，叶子妈妈就会和叶子说速为转学了，然后在这个女孩的成长世界里，速为将会变成一个渐渐远去的小光标，只在微弱的记忆中偶尔闪烁一下——她也许会为曾经那个摔伤了腿的同桌感到惋惜，这惋惜会在那一年留下"一场意外"的提示，然后很快地，她会有另外的同桌，他们会一层层覆盖她的记忆，直到"速为"的名字变成日历上的一个记号。

叶子蹦跳着跑进走廊左边的那间教室，看来小姑娘并没有因为迟到的那五分钟受到责罚。当初罗老师和陈先生选择这个学校也是因为听说这里的校长有着西方化的素质教育理念，对于他们和所有住在别墅区的人来说，"西方化"更像一个形容词，一个将未来所有好处和希望有形化摆在他们面前的形容词。这里的孩子就像他们爸妈的镜像，在校园里本能而迅速地又聚集成牢不可破的阶层，但速为却是其中一个找不到摩擦力的玻璃球，他不属于任何一个群体，他将被消除。

校长办公室还要再往上走一层，罗老师经过的墙面上张贴有各种兴趣社团的海报——穿白色训练服的男孩在打跆拳道，穿粉色芭蕾裙的女孩在跳舞；戴眼镜的男孩在做科学实验，扎马尾辫的女孩在唱歌。下午的太阳在海报的光滑表面上形成一束束斑点，罗老师举手遮挡自己的眼睛，还是有光不断从她指缝漏进来。叶子跑开之后走廊空荡荡的，海报上蜡笔构成的男孩女孩鲜活得就像刚解冻的食物，被准确定义，被标准分类。一瞬间，她感受到了速为的孤独。

看到标牌上"校长办公室"的那一刹那，她差点忘了自己要来做什么，说什么。她几乎就要脱口而出："难道我们速为是学校里唯一一个学芭蕾的男孩吗？"在她主动表现温顺的前二十几年里，罗老师很少用反问句；在她学会掌控一切的后二十几年里，她也很少用反问句。在她的语言系统里漏掉了义务教育中"反问即肯定"的判断，还漏掉了与此相关的很多语言策略。她缺少正规的教育，也因为这个整日提心吊胆，虽然陈先生一直避免和她分享有关上学的经验和故事，但她深知缺了的是补不回来的。无论在艺校还是舞蹈团，没人会把"有文化"这个词拿出来明晃晃地悬吊在他们头上，他们要表达的语言只关乎脚背、脚尖、脖颈、大臂和手，这些器官的神经末梢承载着他们的语言和感情，只要一天不练，就会僵化。团里经常流传着哪个前辈舞者在台上大跳时摔成了终身瘫痪，或者哪个老师因为子宫移位一辈子都没法要孩子的故事，传递这些故事的舞者眼睛里总是包裹有一层讲述鬼故事那样的窃喜，但他们讲着讲着，就像团里姑娘们被同步的例假时间——那种无形的恐惧会从听故事的人身上逐渐弥漫到讲故事的人身上。团里的男孩们其实还怕一件事，所以他们故意和女孩子说笑打闹：一个男孩搭配六个女孩，围成小圈分布在练功房四角。跳芭蕾的男孩为了不让自己产生影响演出的生理反应，从青春期开始时就得培养自己和女舞者之间的一种奇妙关系——他们既需要把所有语言和感情放在身体的每一个伸展中，又要在身体的碰触中去除枝枝权权的感官传导；身体对他们来说，既是张开的，又是关闭的。在那些摇来荡去的舞蹈团传说故事里，还有一种是讲男孩和男孩间的，说他们在深夜的练功房里互相抚摸，说他们在洗澡房里赤裸相见，罗老师听到这些马上就会面红耳赤、局促不安，她认为这些事情绝不可能和她有所关联，却又奇妙地让她羞愧不已。

"罗老师，您来了，来，请坐。"郝校长已经踱到办公室门口做好准备把她迎进来，既不过分热情（她不是来接受对孩子的表彰的），也没流露任何怠慢（也许她和孩子还会再度回来）。

比起第一次见校长，他应该瘦了五斤，或者七斤，总之他凸起的肚子不再像上次那样鼓鼓囊囊，这倒让他整个人看起来更像一个清正的知识分子，就和陈先生的那群知识分子朋友一样。他们一直有一个她无法参与的世界，但奇怪的是，只剩她和陈先生在家的时候，他们中没人读书，虽然二楼最尽头的书房垒满了成堆成套整齐厚重的书。那个来自水乡的年轻建筑师的导师也是陈先生的知识分子朋友之一，应该是个有名的教授，因为建筑师说起导师的时候有种迷幻的骄傲，仿佛导师的成就经他说出就已然转化到了他自己身上。年轻建筑师说到最兴奋的地方是他的导师和其他几个领域里的学者每年都有几次小型聚会，这些人如置身理想国一样，互相谈论各自最拿手的学问，他们给起了个"雅集"的名称，据说是一个热爱文化的投资家无偿赞助的。罗老师知道，这个投资家就是她丈夫，在她像只白老鼠一样进行受精孵化、等待卵子培育生命的时间周期里，她丈夫和他那群朋友在孕育关于人类知识的伟大对话。陈先生就是那样的人，和现在请她坐下来的校长一样，他们越是小心翼翼，越是谦虚谨慎，越是试图遗漏她的教育背景，就越成为她的心头刺，冷不丁猛冒出来就伤害了她。她知道这是自己的问题，他们没有错。

"速为恢复得怎么样了？"郝校长没有直接问速为出什么事情了，这是寻找甜食的蛾子惯用的伎俩，它们嗡嗡飞旋一圈，造成某种假象，为的是让目标食物自动显露出来。郝校长这么问，只是在暗示他接受由学生家长说出的一个可被公开的真相。在这学校这么多年了，郝校长见过学生出于各种原因中途离开，还有突然就交不了学费的；他发现，这些家长的地位越显赫，就越喜欢用各种各样的故事隐瞒事实。

"速为的腿摔着了，跳舞的时候。我们带他去看了医生，说还要恢复一阵子。"这所学校的理念一开始就告诉学生和家长要信任老师、信任校长，罗老师总觉得自己的谎言已经被郝校长看穿了，她甚至都准备好了不了了之的答案，所以她刻意瞪大眼睛注视郝校长。她是来告别的，不是来请长假的。

"这孩子是学校里唯一一个跳舞的，我们鼓励学生多培养各方面的才华，决心专业搞舞蹈是一件吃苦的事情呀。罗老师，学校能做的就是等速为恢复了再看怎么补上落下的课，不过，小孩的骨头恢复得快。"

"嗯，谢谢校长，小孩的骨头恢复得快……其实，这次事情之后，我想送他直接去舞院附中，这儿没别人跳舞……可能气氛集中对他更好些。"

"罗老师，还是要看孩子想不想走这条路。男孩走舞蹈这条路，再大一些怎么办？我听他们老师反映速为平时就很腼腆，有些……女孩子气，是不是让他参加些体育活动更好？"

校长办公室的窗户开了一道小缝，大概是七月的关系，外面知了的叫声无比嘹亮，就像校长带领的整个学校一样昂扬向上，直指选择这里的家长一开始就许诺给孩子们的美好前途。罗老师在对峙，但她不知道自己究竟在和谁对峙，在怀慢慢的时候，陈先生曾和她说希望他们的孩子是一个安静的、知识渊博的学者，不要，她一定要让速为拥有一个舞者的生命，她当时就这么想。于是她抬头和校长说，却没有回答他的话："速为喜欢舞蹈，他愿意去舞蹈学校。那里的老师还说他可以去洛桑参加青少年组的比赛，他在这里打的英语功底就能派上用场了，谢谢你们的培养。"


在赵阿姨看来，她每周要放进盆里给他洗一次澡的这个孩子就像某种小动物似的一声不响，有柔软的皮肤和坚硬的骨头。之前她做过的一家有只金黄色的大狗，长着长长的毛，总是冲着她吐舌头。白天看不到那家的男主人，所以这狗每次洗澡的时候，女主人就要求赵阿姨帮她一起。女主人也染着棕黄色的头发，每次都是女主人给大狗搓浴液，拍着头安抚狗的情绪："妈妈给你洗澡，别怕。"这时候，赵阿姨站在女主人和狗的一边，随时准备递上烘得蓬松的大浴巾，她能摸出来那料子肯定是进口的，一条毛巾顶她半个月的工资。她第一次给速为洗澡的时候还有些不知所措，她不太相信罗老师就这样把这个特权交给了她，她给速为抹浴液时这孩子脸红得发粉，虽然他身体透明得像白萝卜。速为不吭声，也不发抖，他泡在热水里像坐在空气里一样，赵阿姨想起了上一家女主人口中的"别怕"，于是不由自主用带着安徽口音的普通话跟着读"别怕"，如同摇篮曲翻涌起的温柔浪花。

"别怕"，速为刚满一岁那年，罗老师也是这么把他放在摇篮车里边哄边摇的。这孩子随她的宽肩长腿，眼神却像陈先生，在他还不会说话的时候，眼睛里就装着罗老师看不懂的世界。她总觉得速为已经在她身体里看不见的地方住了五年了，接生的老护士说这孩子是她见过的最不爱吭声的小孩，这世界对他来说似乎没什么值得大惊小怪的。唯一连接母与子的脐带被剪断的时候，速为也没有哭。

生命的诞生一旦被解构拆分，就自然而然蒙上了一层合成新物种的陌生感。对这孩子，罗老师在他五岁之前想尽了各种办法去试探，她总觉得速为来自实验室，而不是她的子宫。其实这些试探或多或少都带了些不可告人的拔苗助长的意味：比如她会在怀孕的时候成天无限循环巴赫莫扎特，直到巴赫莫扎特在她自己那里成了单调的任务而不是伟大的音乐，之后她把小速为拉去做"绝对音高"的测试，以为速为早在她的子宫里就学会了音乐技能；比如她会给速为讲各种各样的童话故事，然后期待在她没有讲出故事结局之前速为会把整个故事补充完整；比如她会将纸和蜡笔堆在速为的房间，然后隔几个小时偷偷跑去观察速为是否创作出了艺术作品……罗老师期待速为超越她和陈先生，期待实验室带来的新物种基因合成法把他带向一个伟大不朽的国度。

那天，罗老师像往常一样和速为并列坐在黑色轿车的后排，速为在右边，她在左边。再等两年初中结束，就把速为送去舞院附中，她需要做的是提前让老陈去找舞院的主任或是校长吃个饭。她对速为自身的舞蹈能力极有信心，甚至激动地设想了无数次舞院老师见着速为会怎样地欣喜若狂，提前找主任吃饭就像是给父亲找风水大师看墓地一样，都是安慰剂，老陈把这个叫作"尽个心"。

经过离大门最近的那排别墅时，罗老师把左边的窗户偷偷摇了下来，她确信小张司机在车里放了个屁，对，不是她的，不是速为的——他们注定要和与他们一同封闭在车里的司机师傅交换彼此呼吸和排泄的氨气、二氧化碳和甲烷。她得假装若无其事摇下窗户保护她和速为的纯净空间，看，前面就是这个别墅家园里独一无二的游泳池。偶尔这游泳池里蹲坐着一个老头儿，光膀子，红色条纹裤衩，泳池正中有个黄色塑料马扎，老头儿牢牢地坐在上面，他旁边堆满了离开大树一天就枯黄的落叶，还有无数不知道从哪里冒出来的各样脏东西。这老头儿和院子里的王奶奶是出了名的老年痴呆，对这里的人们来说，他们的名号就像别墅家园里的巫师和巫女一样是个心照不宣的禁忌，他们被家里人圈养在各自的空间里动弹不得。然后，一个用彩色皮筋扎了满头小辫的女孩跑过来，她和坐在马扎上的爷爷一样高，她在爷爷身边蹲了下来，抬头和爷爷一起寻找远处看不见的房子。"砰"的一声，女主人出来了，说

"天要下雨了"，就拽回了小女孩和老头儿。罗老师突然想起父亲在的时候，每周五晚上，在他难得清醒的时间里，他们一起收看一档叫《绝世珍宝》的电视节目，节目里那个胖胖的、戴一副圆形眼镜的主持人，总是对准面前或真或假的古董瓷瓶，瞪着唱戏一样的眼睛，大喊一句——"要砸了！"然后瓷瓶应声碎裂，"砰"。

罗老师后来无数次地想，要是那天没下雨的话，后来的事情是否还是会缓慢前行。

她始终无法完整拼凑那天速为被司机带回来时的情景：干燥的身体不停哆嗦，脑袋滚烫得像几百根木头堆起来烧着的火。在司机面前，速为紧闭双唇，一言不发，牙齿把下嘴唇咬得紧紧的。等只有他们俩人的时候，速为迅速瘫软下来，高烧让他处于不断冒冷汗和透支的亢奋状态，他不停重复："我要洗澡，我要洗澡……"

她费了好大的劲才把速为半抱半拖回柔软的床上，但是速为用他滚烫身体的全部力量拒绝躺上去，他依然在重复"我要洗澡"。给老陈打电话他说还有半个小时才能到家。

罗老师帮速为脱掉衣服，就像剥开一个黑色的洞穴——他的连裤袜在那个部位是潮湿的，慢慢露出的屁股后面是红肿的。她开始颤抖，充满愤怒、羞耻、绝望和复仇的冲动，她觉得自己的头发正在烧为灰烬，她用湿润的毛巾一遍遍擦洗速为的身子，从上到下，从头到脚，从最远的地方到最近的地方。她听到他们身边隐藏的一根线被扯断了，在一片死寂之中。

北京盛夏的暴雨总是有征兆的。低压造成的局促中，一下明亮一下灰暗的天勾勒出清澈无比的云朵线条，速为总是在这时候流很多汗，少年的汗是白开水味道的，纯净。交通广播里说这暴雨二十年不遇，大得出奇，机场路上已经有十几辆车进水抛锚了。他们家的司机也被暴雨耽搁在了五环路上。潘老师说带他去办公室喝果汁，让他安心等接他回家的人。速为只是坐在了那里，他以为潘老师摸他的头是因为他刚才那个大跳划出了好看的弧线。碰他的手是因为怕他等得无聊。潘老师的手开始像蛇一样在他身上滑动，一股股恶心和强烈的抵抗在他胃里不断翻滚，他把自己蜷成一团，退向了椅子靠背最后一个没有生路的角落。"别怕"，潘老师的头发被汗水浸透，他嘴里呼出的热气就要把速为吞掉。速为憎恶自己此时不能像计算跳跃的高度一样控制自己的身体，他觉得自己已经被某种病毒侵蚀感染，不断向下坠。就在他的背和椅子贴到一起的最后一刻，他猛地跳起来，一口咬在潘老师伸过来的手窝中间，然后使出所有力气向那幢大楼门口跑去。屋顶的阴影全部笼罩在他身上，他不停发抖，用手环抱着自己，越来越冷，过了很久很久，他早就被雨水浇得浑身湿透。他被阴影吞没，终于适应了黑暗和寒冷，直到司机把他带回家。

在之后出现的所有死寂和阴影里，速为像摘掉身体里的器官一样试图清除那不受控制的黏腻，那让他发毛的电流，直到完全失忆。在很长的一段时间里，他丧失掉了语言功能，他在漆黑中退了烧，恢复了身体健康。罗老师一直在他床边，还有不停走动的父亲，他们的一呼一吸让他绝望；每次闭上眼睛，又会是一片鬼影憧憧，他总觉得冷，其实是想要更厚的被子盖住自己，期待被子能阻开不断在他身上游动的肮脏的手。

罗老师在事情发生的第二天就解雇了司机小张，她给了他一笔丰厚的报酬，足够他回老家，足够他忘掉这个盛夏的暴雨夜晚。速为成了彻底断线的木偶，加入别墅家园里那个巫师和巫女的队列。他们知道，在这个房子里有一个黑暗房间，那儿藏了个怪孩子，整天只和游戏里的人说话，这个怪孩子埋掉了真实的秘密，从此他的母亲开始给人讲述不一样的故事。

## 19

　　第二十次击败 Diablo，速为这次选了召唤死灵的巫师。在他打通隐藏的死灵秘境后，骷髅战士星光和蓝色鬼火同时喷泻而出，他们曾经是荒凉大陆上无畏的英雄和盘旋的魑魅魍魉。游戏玩家可以在首次通关后去寻找那些藏在各种模型背面看不见的入口，它们通向和剧情主线无关的无尽恶斗，玩家赢了就能获得规定经验以外的力量加成。这些隐藏入口随着通关的总次数不断变换自己所在的位置，无端的漂移不定让速为相信，Diablo 的世界不完全由数据模型架构，它是有生命的。

　　直到赵阿姨来给他洗澡的那天，李问还是没出现。他们以为他记不清日期和星期，其实他都记得，只不过不是以那种重复了几亿万遍的编号循环方式。他可以凭哺乳动物天生的嗅觉判断每一天的色相，从罗老师跟其他人的身体姿势和眼睛散射的热量去判断今天是哪一天。陈先生出现在楼下的时候，他嗅到一股浓烈的蜂蜜味道。

　　他发现其实当身体处在死水一潭的稳定状态，四肢能力减弱的时候，视觉就会加强；视觉变成黑洞的时候，嗅觉就会异常突出；所有感觉衰退的时候，记忆就会回光返照。由于眼睛里有洞的关系，陈先生在速为眼睛里就像太阳表面被吞掉的光斑一样忽远忽近，速为判断不出来这个被母亲宣告失踪的男人到底离他有多远。有一瞬间，速为记忆里腐朽的树木味道盖过了蜂蜜的甜味，他记起爷爷临终前给他的那只不能动的小木船。现在他把所有人——失踪的爸爸、死去的爷爷和消失的李问都放在了木船上。存放 Diablo 灵魂石的白骨祭坛前有一条红色的河，曾经一起寻找灵魂石的勇士们的鲜血化成了这条河，速为需要找到虚无老人请他驾驶时间之船才能抵达祭坛。在这些人物的脸被他眼睛里的洞吞掉的同时，他们已生长出了另外一副和他的记忆交织盘错的形状——虚无老人长着爷爷的脸，老人的随从武士长着爸爸的脸，看守祭坛的心魔长着李问的脸。幻影就像从停滞的记忆里不断漏出的光束，连接着两个模型世界，连接着屏幕外的奄奄一息同屏幕里的生生不息。

对速为来说，爸爸始终和虚无老人一起隐藏在荒凉洞穴里，那里完全透明，但正因为透明，谁也看不见他们。所以他在爸爸出现的时候，问他："你这几年也都在海上吗？"他宁愿相信这是爸爸失踪的全部原因，而不是那天他全身发热躺在床上时听到的他们的争吵。大人们一边凶相毕露，一边还要把手放在嘴上做出"嘘"的动作，他们像拉锯扯锯的小孩，一个认为自己受到侮辱，一个认为自己不被理解，扯来扯去，一声不吭的速为成了他们爆发的引线，而"老宋"不过是讨伐与被讨伐的一个符号而已。

现在爸爸又出现了，在膨胀发光的妈妈旁边如同一块黑色方尖碑，他们和裴医生，还有那个说他"只不过是脑神经里的杏仁核游离了出来"的钟专家坐在餐厅冰凉的桌子旁，围成一个圆圈。速为不喜欢那个桌子，它被赵阿姨擦得过亮，有时还残留有柠檬香的亮洁剂味道。它们总是那种味道，越具有腐蚀性的化学制剂越是被调配得鲜艳无害。他不喜欢裴医生，他怀疑裴医生是唯一一个不需要录音笔就能刺穿他秘密的人。裴医生有一口洁白整齐的牙，看他的眼神就像很多年前和爸爸一起回来的老宋第一次看他的眼神，有怜悯、惊喜，还有无动于衷。他始终没有告诉妈妈这件事，那天爸爸带老宋回来的时候她没在，老宋其实也没进来，他一直站在门外。

现在，他们这些人在讨论是否要把他接走，就像讨论一只不能说话的宠物狗的去留。赵阿姨在相隔一个空间的客厅擦地：厚实的隔音材料将他们讨论的嗡嗡声和赵阿姨哼唱小曲的声音切断在墙板两侧，谁都听不到另一端的声音。客厅的地板很快就会被柠檬亮洁剂擦得一尘不染，就像这桌人很快就会被分岔的想法支到一个没有结果的答案里。罗老师托起脸颊又放下，温医生嘱咐她平时一定要注意自己的习惯动作，超过五十个不经意的日常习惯都会让脸部产生新的表情纹，但她马上又不顾一切地托起脸颊撇撇嘴。

陈先生一开始只是倾听——听裴医生分析速为的眼睛是否可以出去做手术，做手术是否能完全解决眼睛的问题，之后是否复发，成功率和复发概率又是多少；听孤独症专家分析速为的状态是否可以承受手术和旅行，在这过程中精神状态是否会受到影响，之后本来有的封闭状态是否会恶化，概率是多少。最初，摆出来的数字确实让人很受用，它们的清晰可见能大幅度减缓一个未知问题带来的焦虑感，是解决一切问题的良药。推算概率的过程将未知捏成一个好看的形状，但很快所有这些看似明确的分析不复存在，他头上的水晶天花板反映出的镜像就像是缩小慢放了一半的梦境，他听到父亲陈卫国的声音，一遍遍在漆黑的洞穴里发出的声音，以及他在临终前重复的失明咒语。"我一定要给速为换双新的眼睛。"陈先生对自己说。

　　裴医生他们寻找到的方法是给速为换上匹配的晶体和角膜，这种做法的危险性在于一旦手术后出现排异，可能会导致完全失明，概率从百分之三十到百分之九十不等。对罗老师来说，她来不及计算最终速为能摆脱失明宿命的可能性究竟有多少，在别人的陈述和推演概率里她只听到了一件事情，就是速为可能会因为环境和眼睛情况的变化而导致精神更加封闭，最坏的结果是彻底陷入自我结界，这意味着不管速为的眼睛能不能治好，他面临的最大风险将是精神上出现不可治愈的黑洞。

　　"我不信你能照顾好速为。"她对陈先生说，"速为只能在这里，他在我这儿才是最安全的。"

　　"我一定要给速为换双新的眼睛。"陈先生一字一顿又把这句话重重吐了出来，不是罗老师的任性而是她的自私使他不得不拼命压制全身蹿起的愤怒。虽然陈先生自己也不能分辨，这么坚持要让速为换双明亮眼睛这件事里有多少自对家族遗传的终极反抗，又有多少来自对自己也会失明这个宿命的恐惧。

陈先生和裴医生不断争取着哪怕一丝的可能性，而罗老师像着了魔一样无动于衷。甚至，她从来没有像此时这么笃定，她坚信，速为只有待在她目之所及的地方才是绝对安全的。她突然起身往楼上走去，这次没有敲门。她推开速为房间的门走了进去，在闪光的黑暗里抱紧了一动不动的速为。

她说："咱们哪儿都不去。"

当天晚上，速为没有开游戏屏幕。李问走了以后，他其实在那些隐藏关卡里又消磨了几天时间，他知道李问压根儿不会玩这个游戏，所以他给李问选了光明祭司这个角色，但大多数时候，还没等到光明祭司给他施行祝福咒语的时候，他就已经把恶魔杀死了。刚才妈妈上楼来找他的时候，他其实刚录了一半的话，他说自己下次一定要选择光明祭司这个角色。

这次被击败的 Diablo 在他的眼睛里已经成了一团残破的火，但是当他闭上眼睛，所有人——Diablo 和他们都变得完整无缺。他反反复复闭上眼睛又睁开，睁开眼睛又闭上，试图在这两个由残破和完整所拼凑出的世界之中分辨它们究竟有什么不同。别墅区的院子一到晚上就安静得可怕，尤其是在厚厚的隔音墙壁包围的房子里，什么也听不到，可速为觉得他听见了一个响声，不是爸爸乘坐的航班飞在天空的轰鸣声，而是有人爬上了他窗前的海棠树，顺着枝丫坐在树干上离他很近的地方正看向这幢淡黄色的房子。

他扭头望去，什么都没有，当他闭上眼睛的时候才看到那个在树上的人是李问，他们都丢失了一段记忆。速为在心里已经打好了主意，他们哪儿都不去。


李问从窗帘开着的窄缝间又看到了那个穿警服的人，第四天了，至少有四天了，这个人一直在小区里转来转去。李问这几天没下楼倒垃圾，也不敢开窗户，整个屋子憋闷得发臭。盒装方便面就剩两个了，他盘算着再挨两天，那个警察会不会就走了。

"他一定是来抓我的。"李问把所有带屏幕的东西都倒扣了过来，他仿佛看到整个世界铺天盖地都在说他杀了母亲，配图是他在黑暗里见过无数次的母亲倒下的尸体，没有化脓没有腐烂，还看得见母亲竖起的汗毛。

李问动弹不得，比之前更大的惊恐包裹了他，他哪里都去不了，每天让院里的小卖部送上来几罐燕京啤酒，他就能啥都不想。有次快睡着的时候他甚至看到自己回到了罗老师和速为那里，看到自己像只猴子一样爬到他们别墅后面那棵修剪整齐的海棠树上，这样就再没人能找到他了。他不需要任何垫子或者沙发，就这么坐在客厅地上，白天黑夜开着同一盏灯，几乎是故意的，等待楼下那个警察破门而入，将他带向最终审判。

有人敲门，还循环了好几次，李问端起刚吃了两口的泡面，等着那声音停下来。他不敢靠近猫眼，生怕猫眼对面的人看到他。他就这么屏息站在门后耗着，存有一丝门外的人已经走开的希望，憋了不知道多长时间，手里的面已经开始吸水膨胀，他感到自己被自己急促呼出的一大口气磕绊了一下，脑子发晕。门外的敲门声又开始了。

"您好，有人在吧？"

是一个带着京腔的声音，他总觉得在哪儿听过这个声音。李问发现自己全身在颤抖，却丝毫感觉不到冷，就像那时琛哥的小白药片刚下肚的时候，把他整个胃都搅得翻腾。那把刀呢？他赶火车的时候把刀放哪儿了？刀上是不是还有血？妈的，都不管了。他把泡面放回茶几上，径直走到厨房转悠了两圈，抓起一把塑料柄剪刀，脑袋昏昏沉沉的，有什么东西一直把他往下拉。

他再次屏住呼吸，打开门。眼前是个六十岁左右的老警察，不光听过声音，他一定在哪儿见过这个警察，但他就是想不起来。

老警察一边肩膀高，一边肩膀低，制服上的纽扣让他的身子显得更加不舒展。这个人上下打量他，似乎并不急于给他戴上手铐，李问甚至看不到这个人眼睛里对他这种浑蛋的厌恶。老警察掏出一张报纸来：

"你叫什么名字？"

李问看不见报纸上的内容，他想，一定是对他罪大恶极的指控。谁告诉这个警察他在这里的？他们是不是都知道了？他很想把那报纸抢过来，看看他们是如何把他当成一个十恶不赦的浑蛋来写的。但他几乎纹丝没动，没点头也没摇头。

老警察把报纸折了起来，往前探了探身子，语气异样地柔和："你是不是李问？"

全完了。他知道这一次人们说的"李问"和他假身份证上的"李问"不是一回事。

"我妈死了，我杀了她。"李问听到自己脑子里嗡嗡的，嘴上却说不出话来，还是纹丝未动。

老警察看到了他桌上的泡面："哟，正吃饭呢？面都泡胀了，你先吃吧，把那口面吃了。"

李问看到自己摇摇摆摆蹭到桌子前，看到老警察带着他坐在布面沙发上，他第一次和别人这么一起坐在上面，这东西确实和罗老师家的不一样，两个人的重量一上去，里面的海绵就塌了下去，没有任何弹性。

李问索性把剪刀也放回茶几上，一口一口扒拉着早泡得没味儿的面，脑袋里的嗡嗡声越来越大。他又看了眼老警察，心想：这家伙是什么意思？是想给我留最后一顿饭？见鬼，头越来越胀，需要清醒一下。

李问把剩了半碗的泡面推到桌边，起身说："我能拿点儿啤酒喝吗？"

老警察点了点头，屁股往门的方向挪了挪，说："拿吧。"

李问拿了两瓶啤酒，用桌上的剪刀撬开瓶盖，把其中一瓶递给了老警察。一口酒下去，头似乎没那么沉了，整个屋子安静得像廉价的固体空气清新剂一样死气沉沉，健身房的厕所里总放这东西，他一直觉得那味道腻得发臭。老警察盯着李问递来的酒瓶看了半天，仰起头咽了一口，李问见过这姿势，一模一样——姥爷馋酒的时候也是这样的，他说人老了就连酒带气全咽下肚了。李问心里越来越往下沉，他甚至开始希望眼前的这个警察是自己的一个老朋友，像水生那样的；他希望和这个老头儿就这么喝下去，直喝到天昏地暗。

"您还再要一瓶吗？"他第一次正儿八经和这个警察对话。此时坐在沙发上的这两个人就跟认识了几十年一样，一人一口酒喝着，谁都不说话，也没盘算着要说话。

老警察又咽了一口酒，没看李问，缓缓说道："你妈是不是叫李建欣？"

倏地一下，李问看到自己的心沉到了最底下，他整个身体一下子被掏空了，仿佛这时候支撑他的不是骨骼，而是游戏里的白色恶灵。

接下来，他感觉自己听了个不长不短的故事，不知道是从哪儿开始，又从哪儿结束的。

他听到老警察说叫他老王就好，他是这片儿派出所的副所长。他上周也在这里，青年社区那边有人报案说怀疑邻居私造假酒，老王跑过去一看，原来是这家主人收了别人抵债用的酒，一收就收了半屋子，走的时候还给老王拿了几箱，老王把白酒拉到派出所给大家分了，啤酒全拉回了自己家，每年总有几次这种案子，他也在家里囤了一些酒，够喝就行。

但这几天那个母亲的哭叫声又回到老王脑袋里，做梦都能听着。那个女人好像脑子不太清楚，颠三倒四的，但老王相信她说的话。他们老家的邻居说在这青年社区里看见过李问，他得来这儿找到这个李问，不，是一定要找到这个李问。北京是个屠宰场，活埋着所有三十五岁以下猝死、自杀、意外身亡、突然失踪和神秘消失的年轻人，他们像老王年轻时那样怀揣正义万丈的理想，然后在一天天的寥落和倦怠之中往回活，直到变回婴儿：满身皱纹，嗷嗷待哺，用单调重复的啼哭提示别人自己还在。

老王那瓶还剩一个底，他说留个福根儿；李问把自己的酒先喝完了，已经越来越清醒。他清醒到觉得自己可以完全信任眼前这个老警察，他在这个老王面前无处可逃。他此刻的想法让自己兴奋不已，觉得自己要是栽在老王手上也认了。他突然想起了速为的录音笔，总得有人知道全部真相。李问长出了一口气，一切都结束了，他更像是对自己说：

"我杀了我妈。"

老王用手拍了一下膝盖，睁大眼睛用手按住李问的胳膊："你说你杀了你妈，是什么意思？"没等李问抬头，老王就把报纸掏了出来，他指着上面一个"大学生离家出走"的报道，接着说："小伙子，你赶紧回家吧！老话儿说儿不嫌母丑，你妈再怎么样你也不能恨她呀！"

李问的脑袋又开始嗡嗡的，他几乎像听梦话一样听老王说。母亲去年来北京火车站找过他，脑子好像受过伤，整个人不太灵光，在火车站转了好久，腿不听使唤几次把自己摔倒，后来老王把她扶了起来，联系上了她老家的人，才买了火车票把她送回去。老王发誓在自己退休前一定给她找回儿子。

他想凑得更近一些，整个身体就像是被瞬间抽走空气的收纳袋一样变得又扁又平。他口齿含糊地一直重复："母亲回家了？"

老王好半天才从他嘴里听明白整句话，把手上的报纸又折叠了一下，正好露出李问母亲的照片，还有一行大标题："母亲寻子，儿子未毕业神秘消失"。

李问的呼吸越来越急促，报纸上黑白底的照片开始晃动起来，于是他猛地一把抓过那报纸，他听见自己大喊了一声，又像"妈"又像"我"。母亲的身体就躲藏在这张满是折痕的灰色纸片上，她的背弓得高高的，眼睛却笔直地看向前方，不，看向他。李问试图去揉自己不知什么时候已经模糊不清的双眼，却把手放在了母亲的眼睛上轻轻摩挲。他分不清这究竟是绝望还是狂喜，反正都是末路。


他从没坐过白天的火车。炽热的阳光透进车厢，把床单和座位靠垫上洗不干净的污渍照得闪闪发亮，它们被轰鸣向前的火车带往终点站，又回到原点。他好像睡着了，又好像完全醒着。这节硬卧车厢几乎空无一人，似乎只有他从刚才还吵吵嚷嚷的人流里挤了上来。他翻了翻拎着的红色塑料袋，里面装着泡面、茶叶蛋、火腿肠，还有两罐啤酒——这是老王给拿的。老王坚持要把他送上火车，要他保证坐上这趟车赶紧回家看母亲。用不了明天，晚上就能到家。

很快就上来了一个人，穿一件素色的真丝衬衫，袖子挽起到肘关节的地方，露出一块老式的钢链手表。李问翻了个身，想借机看清那个女人的脸，却被太阳光烫到了，只看到那个女人脸上的五官被糅到了一起，有种奇特的慈悲，从前母亲早上给他煮鸡蛋吃的时候也是这副神情。

穿蓝色制服的列车员过来检票，他翻遍全身，终于在运动服左侧的内兜找到了这张限时十二小时就能把他送回家的火车票。列车员面无表情地在他的票上打了个孔，这意味着他通过了审核，他带着票上了车。他们全是这副德行，脑袋总是歪向肩膀的一侧，仿佛一旦对准前方就会失焦。

列车员走了，李问掏出塑料袋里的一个茶叶蛋，在小桌板上敲了敲，被染成棕色的蛋白马上露了出来。老王说是他煮的，北京人口重，所以多搁了些酱油。他吃了一个鸡蛋就开始恶心，他不喜欢在火车上吃东西，摇摇晃晃的铁轨总让他觉得所有吃进去的东西在胃里都像石子一样蹦来蹦去，翻江倒海。他随着火车的摇摆又眯了一小觉，不知过了多久醒来的，外面的阳光还是亮得刺眼。好像又有人上车了，那人披着条黑色斗篷，走路一点儿声音都没有，就像速为经常用的死灵法师。他和李问还打了个招呼，李问瞥见了他的脸，吓了一跳，那张脸和速为长得一模一样，或者是他以为的，速为长大了的脸。

有那么一瞬间，他担心自己找不到家，那条路叫什么来着？陇河东二街还是南五街？他想起在他们家后面有个卖包子的小店，母亲不让他在外面买带馅儿的东西吃，所以他只能偷溜过去买一两个包子解解馋，他喜欢那些肉汁冒出来沾在手上的腥味。刚才做梦的时候，他看到自己把母亲半拖半抱弄到了床上，像小时候她给自己盖被子那样给她盖上了被子；母亲的身体变得透明起来，她身上没有一丝血迹，没有一丝死亡的迹象，她活着。就一秒钟，或者十秒钟，她就进入了那种神秘的窒息状态，她的身体轻得像一团空气，所有的重量全都在紧闭的嘴上，那张嘴比任何时刻闭得都要紧，都要神圣。

"轰隆"一声，火车停在了一个白色的站台，四周没有田野也没有大山，一切都是空的，仿佛所有东西都飘了起来。列车员又来了，他对李问说火车开错方向了，现在得往西走。很快，火车驶离了那个白色的站台，朝西面开去。没过一会儿，李问又糊里糊涂地睡着了，刚开始他还记着往前走的方向，再后来一切都被铁轨和火车碰撞的频率淹没，他也分不清究竟哪头是前，哪头是后了。终于天开始发暗，气压很低，地气从铁轨缝隙钻出来慢慢往上升腾，直到和太阳一起下落蒸发不见。

　　又一声，火车彻底停了下来。他从车里向外看去，不知从哪儿拥出来的人们密密麻麻挤满了眼前的站台，他听见他们说母亲正在站台上等他，跑近一些就能看到。第一个上来的女人和后面上来的男人都下了车，他把啤酒从塑料袋里掏了出来，塞进自己背着的黑色双肩包里。整个车厢最后只剩下他一个人了，他一步步让自己挪向车门，仿佛背上的包把他压得动弹不得。

　　然后他听到有个尖细嗓子的小男孩在叫："妈妈，等等我呀！我在这儿！"他循着那声音一直往站台深处找去，母亲就在那里，坐在一个黑色的轮椅上蜷成一团。他拨开一层层的人流，走得越来越快，双脚变得越来越沉，直到终于握住母亲的手，像个婴儿一样重新趴在她腿上，一切静止了。

# 后　记

　　其实在完成一个小说之后，关于创作的讲述或是记录，来自写作者的说法已经变得没那么可靠了。附在小说之前或之后的记述更像是一个产品说明书，能让一个写作者听起来诚恳坦白，而这似乎是我们现在的读者判断一部作品的前提——从作者开始，而不是从小说开始。

　　在我写完第一部长篇《黑色小说》等待出版的那段时间里，《男孩们》的故事就已经开始冲进来了，最开始是一艘模型船和一个老人。我用了很长的时间试图处理这两者间存在的"远"和"近"的问题，这其中不断生出层层谜团和烟雾让我继续下去，同时也不断阻挠着我。我买了一块一米长的白板，就是英语补习班上常用的那种。我在上面写下很多名字，然后再擦掉它们，就这样，这个故事始终没有进展。大概过了有大半年的时间，我们一下子被新型冠状病毒困在了家里，那块白板就摆在客厅的正中间，几个月里一动不动地对着窗外空无一人的大街，那里有一个明代建立的古观象台。我周围的一切，连同整个世界似乎都开始进入缓慢而滞后的行进中——时间前行，时代往后。

于是模型船和老人的故事成了整个《男孩们》故事的起源。虽然船和老人最终被置于后半段几处不太起眼的地方，但他们提供给了我写下这个小说的动力和疑问，在这之前以及之后，世界抛给我们的信息远多于我们自己主动接收的。让我惊讶的是，当李问和速为这两个男孩的命运与我的日常生活隐秘地纠缠在一起的时候，我知道他们的挣扎已经在我眼前挥之不去，但是他们背后隐藏的那只模型船和老人的身形，让一切回家的可能成为温暖的希望。这使我更加笃定，小说中是有魂魄的，对，故事是一部分，人物是另一部分，还有一部分是小说自我的延展。

李问和速为，以及罗老师都是不可靠的、迷人的叙述者。他们和我们一样生活在一个年轻的时代，这给讲述带来了危险性和困难感——其中的社会信息和道德信息也许会被迅速从叙述中分离出来，冠以某种"现实"和"主义"之名。说一个故事能把整个人或时代搞清楚，那是谵妄。但人的命运未曾因时代改变过，即使在虚拟世界里，生存、毁灭、邪恶、怜悯、欲望、抵抗、逃避、软弱，该在的都还在。

2021 年 3 月 1 日星期一

于北京

图书在版编目 (CIP) 数据

男孩们 / 杨好著. -- 北京：北京十月文艺出版社，
2021.9
    ISBN 978-7-5302-2150-1

Ⅰ. ①男… Ⅱ. ①杨… Ⅲ. ①长篇小说—中国—当代
Ⅳ. ① I247.5

中国版本图书馆 CIP 数据核字 (2021) 第 091677 号

男孩们
NANHAIMEN
杨好  著


出　版　北京出版集团
　　　　　北京十月文艺出版社
地　址　北京北三环中路 6 号
邮　编　100120
网　址　www.bph.com.cn
发　行　新经典发行有限公司
　　　　　电话 010-68423599
经　销　新华书店
印　刷　北京盛通印刷股份有限公司
版　次　2021 年 9 月第 1 版
　　　　　2021 年 9 月第 1 次印刷
开　本　787 毫米 ×1092 毫米  1/32
印　张　10.75
字　数　160 千字
书　号　ISBN 978-7-5302-2150-1
定　价　52.00 元
质量监督电话　010-58572393
如有印装质量问题，由本社负责调换。